Über die Autorin:

Corinna Weber wurde im März 1976 in Darmstadt geboren. Sie lebt mit ihrer kleinen Familie in dem schönen Örtchen Wald-Michelbach im Odenwald.

Der erste Band aus der Taschenbuch Reihe „Ronjas Welt" handelt von dem Leben einer jungen Frau, die gerade 18 Jahre alt geworden ist. Vieles gibt es nun zu erleben und zu entdecken.

Die Autorin gab ihrer Hauptprotagonistin den Namen „Ronja", um ihrer, im September 2019 verstorbenen, zweijährigen Tochter durch die Romanfigur wieder Leben einzuhauchen.

Sämtliche restliche Personen der Geschichte, sowie Handlungen oder Ähnlichkeiten, sind frei erfunden und daher rein zufällig. Die Orte gibt es tatsächlich.

Neben der nun entstehenden Taschenbuch-Reihe stammen die „MUDDI" Zusammen schaffen wir alles-Bücher aus der Feder der Odenwälder Autorin.

Corinna Weber

Ronjas Welt

Band 3

Impressum:

Bibliographische Information der Deutschen Nationalbibliothek:

Die Deutsche Nationalbibliothek verzeichnet diese Publikation in der Deutschen Nationalbibliografie; detaillierte bibliografische Daten sind im Internet über dnb.dnb.de abrufbar.

Copyright 2020 Corinna Weber

Herstellung und Verlag:

BoD – Books on Demand, Norderstedt

ISBN: 978-3-7519-8275-7

Für meine drei wundervollen Töchter

Vorwort

Das Leben hat ja wirklich immer so das ein oder andere Ass im Ärmel. Man sollte doch wirklich nie zu weit im Voraus planen weil es immer sein kann, dass der Wind ganz schnell seine Richtung ändert und einen dann völlig woanders hin weht. Im Falle von Ronja in einen völlig anderen Beruf. Sie muss lernen, mit Enttäuschungen umzugehen und erkennt, wie wichtig wahre Freundschaft ist. Und sie wird die Erfahrung machen, dass Liebe blind und vor allem auch ziemlich verbohrt machen kann. Und das sie manchmal ganz schön gefährlich werden kann...

Lasst Euch entführen in Ronjas kleine Welt, erlebt mit ihr ihren Alltag und begleitet sie durch einige unglaubliche Momente ihres Lebens mit ihrer Familie, ihren Freunden und ihrer kleinen und großen Lieben.

Und zum besseren Verständnis werden sie alle hier zunächst vorgestellt:

Georg, genannt „Schorsch"	Vater
Mathilda, seine Frau, genannt „Mia" oder auch „Mamutschka"	Mutter
Ronja, genannt „Noni"	die jüngste Tochter
Finja, genannt „Nana" oder „Finni"	die Mittlere
Anja	die Älteste
Reiner	der (Ex) Mann von Anja
Leonie und Lennox	die Kinder von Anja und Reiner
Else und Jürgen	Anjas Schwieger-eltern
Doro	Finjas Lebens-partnerin
Rosa und Karl	Schwester und Schwager von Georg

Lena	Ronjas beste Freundin
Karin	Lenas Mutter
Greta	Mathildas beste Freundin
Alexander	Nachbar und Anjas Liebhaber
Nadja	Alexanders Frau
Nico	Ronjas Freund
Ute und Roland Schütz	Nachbarn und Freunde von Mathilda und Georg
Giovanni	Zwielichtiger Italiener
Gitti Winkler	Chefin der „Süße Schmiede"
Horst und Thomas Winkler	Mann und Sohn von Gitti
Paula, Sophie, Emilie	Angestellte von Gitti

„Ich weiß irgendwie immer noch nicht genau, wie du dir das jetzt in Zukunft vorgestellt hast. Wie soll es denn nun mit deiner Ausbildung weitergehen? Hast du schon mit dieser Frau Fink geredet?" Mathilda sah ihre jüngste Tochter Ronja fast schon verzweifelt an. Seit diese vor etwas über zwei Wochen auf der abendlichen Geburtstagsfeier ihres Papas kund getan hatte das sie Konditorin werden wollte, hatte das einiges an Durcheinander in den Denkapparat ihrer Mutter gebracht.

Ronja verdrehte genervt die Augen, eine ihrer Lieblingsbeschäftigungen in letzter Zeit. Finja, ihre mittlere Schwester, hatte vor ein paar Tagen spaßeshalber zu ihr gesagt „wenn du so weitermachst ist deine Augenmuskulatur dein am besten trainiertestes Körperteil."

Gut, Ronja musste zugeben das sie vielleicht etwas blauäugig an die Sache ran gegangen war. Sie fühlte sich schon länger nicht mehr wohl in Heidelberg, wo sie einen Ausbildungs- platz als Kinderkrankenschwester hatte. Die Menschen um sie herum waren überhaupt nicht ihr Fall, mit Keinem wurde sie so richtig warm (außer mit Nico, aber das stand nochmal auf einem ganz anderen Blatt). Die Arbeit an sich hatte ihr zu Anfang wirklich richtig viel Spaß gemacht und sie mochte die Kinder mit denen sie es auf den Stationen zu tun gehabt hatte. Aber über die letzten Wochen hinweg wurde sie immer unzufriedener, schleppte sich mehr oder weniger in die Schule und auf die Stationen und wollte irgendwann am liebsten gar nicht mehr hin. Sie hatte in der Zeit, fast klammheimlich, eine völlig andere Leidenschaft für sich entdeckt: Das Backen. Nachts, wenn sie bei ihrer ältesten Schwester Anja in Dossenheim in deren Gästezimmer lag und nicht schlafen konnte, wälzte sie Backbücher und Rezepthefte und wäre manchmal am liebsten mitten in der Nacht raus und hätte den Ofen angeworfen. Sie begann kleine, einfache Dinge zu backen, wie Muffins und Rührkuchen, oder auch mal Brötchen oder Cupcakes. Und war jedesmal danach so begeistert und entspannt, dass sie sich wünschte, sie könnte dieses Gefühl öfter haben. Als sie dann für ihren Vater Georg an seinem 66. Geburtstag eine riesige Torte fabriziert hatte und diese für wahre Begeisterungsstürme in ihrer Familie gesorgt hatte, stand ihr Entschluss fest. Und sie war auch nicht mehr davon abzubringen. Sie hatte das Gefühl, dass das genau das war, was sie wirklich wollte. Keiner in ihrem Umfeld hatte bisher auch nur geahnt, dass Ronja sich überhaupt für Arbeiten in der Küche interessiert hätte, im Gegenteil. Sie war eher so der Typ „mach du mal, du kannst das besser." Ein Satz, den sie gerne zu ihrer Mutter sagte, wenn die mal wieder um etwas mehr Unterstützung in der Küche bat. Das das Nesthäkchen beruflich nun gerade in diese Richtung tendierte kam für alle daher ziemlich überraschend.

Ronja musste sich ehrlicherweise eingestehen, dass sie sich bisher auch eher weniger Gedanken um die Umsetzung ihres ach so genialen Planes gekümmert hatte. Sie wusste nur „ich will das und fertig!" Das dafür aber noch einiges getan werden musste daran erinnerte sie nun ihre Familie, in immer kürzer werdenden Abständen. Auch jetzt wieder, als sie mit ihrer Mutter in der heimischen Küche in Wald-Michelbach saß und sich fieberhaft überlegte, wie sie aus dieser angespannten Situation wieder raus kam. Zur Zeit hatte sie, genau genommen, gleich drei Probleme auf einmal. Und keines davon würde sich die nächsten paar Wochen einfach so in Luft auflösen. Da war zum einen jetzt also der geplante Wechsel ihrer Ausbildung. Dass das noch mit einem Haufen Arbeit und noch viel mehr Gesprächen verbunden war wusste sie. Und so richtig viel Lust hatte sie auf diese ganze „Vorarbeit" natürlich nicht. Wenn es nach ihr gehen würde wäre sie schon längst in der nächsten Bäckerei aufgeschlagen und hätte sich dort nach einem Ausbildungsplatz erkundigt. Aber der Rest der Familie (also wirklich der GANZE Rest) hatte nur die Hände über dem Kopf zusammengeschlagen und sie um etwas mehr „Kopfarbeit" gebeten. Jetzt hieß es also zunächst sich genauer mit dem Berufsbild der „Konditorin" zu befassen und dann zu gucken, wie das mit einer Ausbildung funktionieren würde. Wo könnte sie lernen, wohin müsste sie dann zur Schule, was für Voraussetzungen brauchte sie dafür und so weiter und so weiter.

Und dann war da noch das Problem „Lena", Ronjas beste Freundin aus Kindertagen. Die hatte sich hoffnungslos in einen schmierigen, zwielichtigen und natürlich heißblütigen Italiener verliebt und wegen genau diesem Typen einen Riesenkrach mit Ronja bekommen. Ronja vermisste ihre Freundin und hätte ihr nur zu gerne von ihren neuesten Plänen erzählt. Aber Lena hatte bisher Ronjas Nachrichten und Anrufe ignoriert oder abgeblockt. Ronja war es leid ihr hinterher zu laufen und wollte jetzt abwarten, bis sich Lena von alleine meldete. Das bisher größte Problem aber, jedenfalls wenn sie darüber nachdachte, war Nico. Mit ihm war sie jetzt seit guten neun Wochen zusammen, sie lernten zusammen in Heidelberg an der „Akademie für Pflegeberufe" und waren seit Ende Oktober ziemlich unzertrennlich. Sie sahen sich während den Stationseinsätzen in den Pausen, saßen mittlerweile im Klassenraum während des Unterrichts nebeneinander und verbrachten unter der Woche einiges an Freizeit miteinander. Ronja musste zwar zugeben, das Nico in den letzten zwei Wochen manchmal etwas seltsam geworden war, aber sie schob es auf ihre eigene Verwirrtheit und die viele Arbeit, die sie in der Schule und auf den Stationen hatten. Die Weihnachts-Feiertage hatten sie getrennt verbracht, jeder bei seiner Familie. In der Woche zwischen Weihnachten und Silvester hatten sie sich zweimal gesehen, er war einmal mit seinem Auto zu ihr nach Wald-Michelbach gekommen und sie hatten sich für einen Abend in Heidelberg verabredet um auf den Weihnachtsmarkt zu gehen. Ansonsten hatten sie öfter telefoniert und noch öfter geschrieben. Die letzte Woche waren seine Antworten etwas einsilbiger geworden, anscheinend nahm er es ihr übel, dass sie sich manchmal stundenlang nicht meldete. Aber wie gesagt, ihre Familie saß ihr gerade ganz schön im Genick. Ronja war total genervt davon, sie wollte am liebsten völlig nach ihrem Kopf handeln. Würde zwar nicht wirklich viel bringen, aber probieren konnte man es ja mal. „Kind, wir machen uns doch nur Sorgen um dich, verstehst du das?" Gott, jetzt kam die Leier schon wieder. Ronja schlug die Hände vors Gesicht. „Boah Mama, ich habe doch nicht gesagt dass ich die Ausbildung abreche und ab jetzt auf der Straße leben möchte. Ich möchte lediglich einen völlig anderen Beruf ergreifen und mich neu orientieren. Und es wäre ja auch nicht so, dass ich jetzt kurz vor Ende der Ausbildung alles hinwerfe, sondern ich bin noch ziemlich am Anfang. Ich habe halt gemerkt, dass es doch nicht das ist, was ich wirklich will." Mathilda drehte gedankenverloren ihre Kaffeetasse in ihren Händen. DAS war ja das Hauptproblem. Sie und Georg hatten lange darüber miteinander geredet. Ronja war wie ein Schmetterling im Wind, sie ließ sich tragen und schaukelte scheinbar mühelos vor sich hin. Im letzten Jahr war es noch die Ausbildung zur Kinderkrankenschwester, die scheinbar die Erfüllung ihrer Träume darstellte. Nicht mal vier Monate später hatte sich das Blatt um 180 Grad gewendet, jetzt war es der Beruf der Konditorin der Ronjas Brot (im wahrsten Sinne des Wortes) und

Zukunft sichern sollte. Was aber, wenn ihr kleiner Hitzeblitz in einem halben Jahr feststellte, dass es das dann auch nicht war? Was käme dann? Automechanikerin, Pilotin, Krankengymnastin oder vielleicht Kindergärtnerin? Alles völlig unterschiedliche Berufe, so unterschiedlich wie die Launen ihres jüngsten Sprosses. Diese Befürchtungen hatten die Eltern aber erst mal für sich behalten, jetzt brannte es Mathilda auf der Zunge zu sagen „Und was kommt als nächstes?" Aber sie schluckte diesen Satz hinunter, er blieb ihr fast im Hals stecken. Heute war nicht der richtige Zeitpunkt dafür. Stattdessen lenkte sie das Gespräch in eine völlig andere Richtung. „Hat Anja eigentlich nochmal was von Alex gehört?" Alex war eine ganz kurze Zeit lang Anjas „Flucht aus dem Alltag" gewesen. Ihr kleines offenes Geheimnis.

Nach der Trennung von ihrem Ehemann Reiner war sie ausgehungert nach Zärtlichkeiten, Lachen, Küssen, dem Gefühl begehrt und attraktiv zu sein und geliebt zu werden. All das hatte Alexander ihr gegeben, Anja hatte diese Zeit sehr genossen. Sie blühte regelrecht auf und fühlte sich seit langer Zeit wieder mal richtig wohl in ihrer Haut. Irgendwann wurde ihr die Nähe aber zu viel. Sie wollte ein bisschen Spaß, ein wenig Ablenkung und einfach ein gutes Gefühl. Alex wollte mehr. Dabei war er verheiratet und, im Gegensatz zu Anja, noch mit seiner Frau zusammen. Als Anja ihm ziemlich deutlich versuchte klar zu machen, dass ihr seine Nähe zu eng wurde, flippte er aus. Er begann ihr zu drohen und hörte nicht auf ihr zu schreiben und überall da aufzutauchen, wo er sie vermutete. Anja tat es am Anfang noch als verschmähte Liebe ab und versuchte seine Spinnereien zu ignorieren. Die letzten paar Tage hatte er wieder öfter versucht anzurufen, Anja versuchte ihn aber irgendwie zu ignorieren. Auch wenn es ihr dann doch manchmal schwerfiel. Alexander war ein überaus attraktiver Mann und sich dessen auch völlig bewusst. Und die Stunden mit ihm waren immer wunderschön gewesen, wenn Anja daran dachte bekam sie jedesmal einen leicht verklärten Blick.

Ronja zuckte mit den Schultern. „Ich habe keine Ahnung, Anja spricht nicht über ihn. Manchmal klingelt ihr Handy und wenn sie darauf schaut schüttelt sie entweder mit dem Kopf oder fängt an wie bescheuert zu grinsen. Aber sie nimmt nicht ab." Ronja verzog spöttisch die Lippen, Mathilda hob den Kopf und atmete tief durch. Ihre Älteste und ihre

Jüngste sorgten wahrhaftig für Stimmung im Haus. Finja, die Mittlere, war da zur Zeit noch die Entspannteste. Sie war glücklich mit ihrer Freundin Doro, beide überlegten sogar, sich irgendwo gemeinsam eine Wohnung zu kaufen. Sie waren beide beruflich recht erfolgreich und würden es sich problemlos leisten können. Um sie machte sich Mathilda die wenigsten Sorgen. Ganz anders als um ihren Mann Georg. Der hatte seit Dezember eine sogenannte „infektiöse Spondylodiszitis", kurz gesagt eine Art Infektion der Wirbelsäule. Er konnte sich über Monate hinweg immer schlechter bewegen und hatte immer stärkere Schmerzen. Beim MRT wurde dann die Diagnose gestellt und seitdem musste er Antibiotika nehmen und absolute Ruhe halten. Für einen Menschen wie Georg, der quasi unter Dauerstrom stand und immer was zu wursteln brauchte, ein absolutes Unding. Jetzt sah es aber auch so aus, als hätte sich das Ganze, trotz streng eingehaltener Therapie, nicht wirklich gebessert. Nächste Woche hatten sie einen Kontrolltermin, davor graute es Mathilda jetzt schon. Sie hatte das Gefühl, dass gerade alles zusammen kam was sonst kein Mensch gebrauchen konnte. Ronja erhob sich. „Ich fahre nachher zurück zu Anja, ich soll auf Leonie und Lennox aufpassen. Anja hat einen Termin bei ihrem Anwalt und ich habe ihr versprochen pünktlich da zu sein." Mathilda seufzte. „Ach Gott, das kommt ja auch noch, daran habe ich gar nicht mehr gedacht." Anja und Reiner wollten sich scheiden lassen, der Anwalt sollte die Unterhaltszahlungen und das mit dem Sorgerecht regeln. Außerdem ging es um gemeinsam angeschaffte Dinge während der Ehe. Reiner war extrem stur und pochte auf sein Recht. Sein verletzter männlicher Stolz tat da sein Übriges. „Wann kommst du wieder?" Ronja war schon auf dem Weg in den Flur um sich ihre Jacke und ihre Stiefel anzuziehen. Jetzt im Januar hatte es richtig angefangen zu schneien.

„Wahrscheinlich erst am Freitag, ich habe Spätdienst die Woche. Nächste Woche haben wir drei Tage Schule, dann spreche ich mit Frau Fink, versprochen."

Mathilda verschränkte die Arme vor der Brust und sah ihre Tochter nachdenklich an. „Und du meldest dich bitte wenn du in Dossenheim angekommen bist, ja?" Ronja lächelte verstohlen. Sie wusste das ihre Mutter sich ständig Sorgen machte. Und als Fahr-anfängerin traute ihr niemand so recht zu, bei diesem Wetter überall unbeschadet hinzukommen. Dabei fuhr sie äußerst vorsichtig, vor der schneeglatten Fahrbahn hatte sie den größten Respekt. „Natürlich melde ich mich, vielleicht hört es ja bis Ende der Woche auf zu schneien, dann hast du da schon mal ein Problem weniger. Hast du Roland nochmal gefragt wegen Schnee schippen?" Seit Georg sich nicht körperlich belasten durfte hatte der langjährige Freund und Nachbar die letzten Wochen immer wieder für eine Schnee-und eisfreie Einfahrt gesorgt und darauf geachtet, dass keiner noch kurz vor der Haustür ausrutschte und sich auf die Nase legte. „Roland kommt morgen wieder, ich habe ihm gesagt er soll mal Pause machen. Mir ist das ja echt schon richtig unangenehm das er sich hier ständig so verausgabt." Ronja schnappte sich ihre Tasche und den Autoschlüssel. „Tschüss Mama, wir sehen uns in vier Tagen wieder. Und ich melde mich wenn ich angekommen bin." Sie warf ihrer Mutter eine Kusshand zu und schlüpfte aus der Tür. Mathilda ging ans Esszimmer-Fenster und winkte ihr nach, bis sie mit ihrem kleinen schwarzen Opel Corsa ums Eck verschwunden war. Dann ging sie grübelnd zurück in die Küche und räumte die Teetassen in die Spülmaschine. Im oberen Stockwerk hörte sie Georg laufen. Er hatte sich etwas hingelegt, die Tabletten machten ihn müder als er zugeben wollte. Sie setzte frisches Wasser auf, vielleicht würde er auch noch eine Tasse Tee mit ihr trinken wollen. Dann kam er in die Küche geschlichen. Die letzten zwei Wochen war er schmaler geworden, die Schmerzen setzten ihm ziemlich zu. „Magst du einen Tee?" Mathilda rückte ihm den Sessel zurecht und platzierte diverse Kissen so, das er bequem und schmerzfrei sitzen konnte. Aufatmend ließ er sich ins Polster plumpsen. „Au ja, Tee klingt super. Sag mal, oben im Flur stand doch eine große Bodenvase. Wo ist die denn hingekommen?" Mathilda klapperte in der Küche mit den Tassen, dann streckte sie den Kopf durch die Tür. „Die habe ich gestern weggeschmissen. warum auch immer war sie an einer Stelle undicht und hat getropft. Und da ich dieses Ding sowieso schon immer grottenhässlich fand habe ich es kurzerhand entsorgt. Oder fandest du sie etwa schön?" Georg biss die Zähne zusammen um nicht laut loszulachen. Sofort hatte er vor Augen wie er heimlich still und leise versucht hatte, die Vase wieder so zu reparieren, das es seiner Frau nicht auffiel, nachdem Ronja sie umgeworfen hatte. Dann sagte er mit treuherzigem Blick „Nein nein, ich fand sie jetzt auch noch nie wirklich schön. Und Tante Agathe lebt ja sowieso schon lange nicht mehr." Die Schwester von Mathildas Mutter hatte ihnen die große Bodenvase vor 30 Jahren zur Hochzeit geschenkt. Insgeheim war er froh, dass dieses seltsam gemusterte Monstrum jetzt endgültig ihr Heim verlassen hatte. „Ehrlich gesagt habe ich etwas Angst vor dem MRT nächste Woche." Georg sah bekümmert aus dem Fenster. „So starke Schmerzen wie ich sie noch habe kann da ja nichts Gutes bei rauskommen." Mathilda ging zurück in die Küche, wo der Wasserkessel laut angefangen hatte zu pfeifen.

„Ich sag dir aber gleich, was der Arzt sagt wird gemacht. Da gibt's keine Diskussionen! Und wenn er sagt, du musst die nächsten Wochen auch noch die Füße still halten dann ist das so. Punkt!"

Georg blickte resigniert zu Boden. Er wusste ziemlich genau dass seine Frau es nur gut meinte und mit Sicherheit auch recht hatte, aber diese ganze Situation ging ihm jetzt schon tierisch auf die Nerven. Und er wünschte sich, dass das bald ein Ende haben würde. Gut das er noch nicht wusste, dass ein „Ende" noch lange nicht in Sicht war.

„Frau Fink, könnte ich mal mit Ihnen reden?" Ronja hatte sich die letzten zwei Tage erfolgreich vor diesem wichtigen Gespräch mit ihrer Lehrerin gedrückt. Aber sie wusste, sie kam nicht drumherum, wenn sie ihren Plan in die Tat umsetzen wollte. Die Pflege-Pädagogin hatte heute wieder eine äusserst interessante Kleiderzusammenstellung gewählt. Dafür war sie in der Schule berühmt-berüchtigt. Heute trug sie ein dickes, graues Wollkleid mit bunten Bommeln am Saum, einen dreifach geschwungenen bunten Schal um den Hals und mit Kunstfell überzogene Clogs. Die hatte sie sich extra in die Tasche gesteckt, um sie bei dem Schneematsch gegen ihre dicken Winterstiefel austauschen zu können. Mit den Clogs klapperte sie jetzt vor Ronja her Richtung Lehrerzimmer. „Nehmen Sie Platz Ronja, was kann ich für Sie tun?" Frau Finks Augen waren warm und freundlich. Ronja erinnerte sich daran, wie sie gleich am ersten Tag ihrer Ausbildung von ihr in die Schranken gewiesen wurde und musste leicht grinsen. Mittlerweile war diese verständnisvolle und warmherzige Frau zu einer ihrer Vertrauten geworden. Frau Fink hielt ziemlich große Stücke auf Ronja, aber auch sie merkte nun schon einige Zeit, dass mit ihrem Schützling etwas nicht stimmte.

Gespannt sah sie Ronja an. Die wand sich auf ihrem Stuhl wie ein Aal und fühlte sich ziemlich unwohl. Sie hatte das unbestimmte Gefühl Frau Fink gleich zu enttäuschen und holte tief Luft.

„Ich möchte meine Ausbildung abbrechen. Ich habe die letzten Wochen immer mehr festgestellt, das Kinderkrankenschwester doch nicht das ist, was ich mir für den Rest meines Lebens vorstellen kann." So, jetzt war es raus. Gespannt beobachtete Ronja ihre Lehrerin und wartete auf deren Reaktion. Die wiederum sah sie zunächst eine gefühlte Ewigkeit wortlos an. Dann lächelte sie wissend. „Ich habe mir so etwas ähnliches schon fast gedacht. Ich habe sie die letzte Zeit beobachtet und gemerkt, wie unwohl sie sich fühlen. Auch wenn die Stationen bisher ausschließlich nur Gutes über sie zu berichten haben. Und die kleinen Patienten scheinen Sie echt zu mögen. Aber ich finde es gut und mutig, dass Sie entschieden haben, einen anderen Weg einzuschlagen. Man merkt Ihnen ihre momentane Unzufriedenheit ziemlich deutlich an. Und das sollte für alle kein Dauerzustand werden. Weder für Sie noch Ihr Umfeld." Sie zwinkerte Ronja zu. „Was haben Sie denn nun als nächstes vor, wenn ich fragen darf? Oder ist das noch ein

Geheimnis?" Sie setzte sich bequem hin und sah Ronja aufmunternd an. „Nein, natürlich ist das kein Geheimnis. Aber ich habe die Befürchtung Sie werden mich für völlig bekloppt halten, wenn ich Ihnen von meinen Plänen erzähle." Ronja grinste unsicher, sie hatte etwas Angst davor, ihre Lehrerin könnte sie auslachen. Die lachte tatsächlich, aber eher belustigt. „Glauben Sie mir, wenn Sie mal über 30 Jahre in der Pflege gearbeitet haben kann Sie nichts mehr schocken. Außer vielleicht Sie würden mir jetzt erzählen Sie wollten als nächstes Bäuerin auf einer einsamen Alm werden. DA würde ich dann doch leicht an Ihrer geistigen Gesundheit zweifeln." Jetzt musste Ronja auch lachen. „Nein, ich habs nicht so mit Kühen. Dann schon eher mit dem, was die so produzieren. Ich möchte gerne Konditorin werden."
Jetzt war Edith Fink doch erst mal kurz sprachlos. Sie hatte Ronja jetzt eher als Kindergärtnerin vor ihrem inneren Auge, oder vielleicht als Heilerziehungspflegerin. Auf alle Fälle hatte sie sie irgendwo in die Richtung „Arbeit mit Kindern" gesehen. DAS war ja jetzt etwas völlig anderes.
Interessiert beugte sie sich nach vorne und stützte sich mit den Ellenbogen auf dem Schreibtisch ab. „Na jetzt haben Sie mich aber

wirklich mal überrascht. Und das schaffen nicht mehr viele, glauben Sie mir. Wie sind sie denn DARAUF gekommen? Ich glaube das wäre so ziemlich der letzte Berufswunsch, den ich mit Ihnen in Verbindung gebracht hätte."

Ronja lächelte erleichtert. Jetzt, wo es raus war fühlte sie sich gleich viel besser und freier. „Eigentlich kann ich Ihnen das gar nicht genau sagen. Es hat sich die letzten Wochen so herauskristallisiert. Ich fühle mich unglaublich gut, wenn ich mit guten Produkten etwas Leckeres erschaffen kann. Und diese ganzen süßen Kunstwerke, die man mit so einem Wissen herstellen kann, faszinieren mich. Ich habe mich ein wenig schlau gemacht wie das mit einer Ausbildung laufen würde und was ich dann damit alles machen kann. Die Möglichkeiten sind nahezu grenzenlos. Ich kann in Hotels arbeiten, in Cafés, in Firmen, sogar auf Schiffen und ich kann mich selbstständig machen. Das wäre genau das, was ich mir für meine Zukunft vorstellen könnte. Ich möchte mit meinen Händen arbeiten, das wurde mir aber erst in letzter Zeit bewusst. Ich hoffe, Sie können mich wenigstes ein bisschen verstehen!"

Ronja sah Frau Fink fast bittend an. Die Lehrerin lächelte verständnisvoll. „Mein Kind, ich verstehe Sie nur zu gut. Als ich in ihrem

Alter war wollte ich unbedingt Modedesign studieren. Ich hatte ein hervorragendes Abitur hingelegt und Stoffe, Schnitte und Mode im allgemeinen war genau mein Ding, um nicht zu sagen meine absolute Leidenschaft. Aber meine Eltern waren völlig dagegen. Ich sollte etwas „Anständiges" lernen. Und so wurde ich erst Krankenschwester und irgendwann später Lehrerin. Natürlich liebe ich meinen Beruf und bin sehr zufrieden mit meinem Leben. Aber manchmal denke ich darüber nach, was aus mir geworden wäre, wenn ich mir meinen Traum erfüllt hätte…" Sie blickte melancholisch aus dem Fenster, dann schüttelte sie sich leicht und sah Ronja freundlich an. „Genau deshalb verstehe ich Ihre Entscheidung und werde Sie dabei unterstützen, diese sobald wie möglich umsetzen zu können. Ich werde mit der Pflegedienstleitung reden wie wir Sie am unkompliziertesten aus dem Ausbildungsvertrag rausbekommen. Sie müssen natürlich offiziell kündigen, da sage ich Ihnen aber noch Bescheid wegen dem Stichtag. Und Sie kümmern sich jetzt zunächst darum, wann Ihre neue Ausbildung beginnen könnte. Wir wollen ja nicht, dass Sie länger als nötig ohne Arbeit dastehen. Aber Sie werden ja auch nicht länger als unbedingt nötig hier arbeiten wollen, nicht wahr?" Edith Fink grinste breit. Ronja fühlte sich unglaublich erleichtert. Sie hatte mit dieser Frau eine tolle Verbündete im Boot, jetzt konnte ja eigentlich nichts mehr schiefgehen. Von Heidelberg aus würde sie nun wohl keine Steine in den Weg gelegt bekommen. Jetzt hieß es also als nächstes eine geeignete Ausbildungsstelle zu finden. „Was passiert denn dann mit dem Herrn Seiler, wenn Sie uns bald verlassen?" Ronjas Gesicht nahm eine leicht rosafarbene Tönung an. Natürlich wusste Frau Fink von Ronjas Beziehung zu Nico, jeder in der Klasse wusste das. Und ehrlich gesagt wusste Ronja selbst noch nicht wie das weitergehen sollte. Was sie wusste war, das es schwierig werden würde. Ob Nico etwas ahnte und deshalb so seltsam zu ihr war die letzten Tage? „Natürlich geht es mich auch eigentlich überhaupt nichts an, entschuldigen Sie bitte. Alte Frauen wie ich neigen nun mal zur Neugier." Ronja überlegte. „Nein, das ist schon okay. Ich weiß ja selbst noch nicht wie das weitergehen wird. Nico weiss ja auch noch nichts von meinen Plänen. Das Gespräch dazu hat sich irgendwie noch nicht ergeben. Ich muss mal darüber nachdenken, wie ich das anstelle." Ronja erhob sich und zog sich ihre Jacke über. „Ich habe jetzt gleich noch Spätdienst. Vielen lieben Dank, dass Sie sich die Zeit für mich genommen haben Frau Fink. Halten Sie mich auf dem Laufenden wie es jetzt mit mir weitergeht? Sobald ich etwas weiß wegen einer neuen Ausbildungsstelle gebe ich Ihnen Bescheid." Edith Fink nickte. „So machen wir das. Ich schlage vor, Sie gucken jetzt ERST, wann ihre Ausbildung beginnen könnte und DANN kümmern wir uns zeitnah um Ihre Kündigung. Ich möchte nicht, dass Sie vielleicht ein halbes Jahr auf der Straße stehen und nichts verdienen. So, und jetzt ab mit Ihnen, Schwester Heidrun wartet nicht gerne." Ronja grinste erleichtert als sie zur Tür raus ging und sie leise hinter sich zu zog. Draußen atmete sie tief erleichtert aus. Das war ja fantastisch gelaufen. Aber Frau Fink hatte recht. Schwester Heidrun war ihre derzeitige Oberschwester und auch nicht gerade die Geduld in Person. In einer halben Stunden hatte sie Dienstbeginn und sie musste noch zur Kinderklinik fahren. Ihre Schule lag ungefähr eine Viertelstunde von der Klinik weg und sie musste sich noch umziehen. Gut, dass sie ihr Auto mitgenommen hatte, so war die Chance noch pünktlich zu kommen erheblich größer. Auf der Fahrt in die Kinderklinik überlegte sie sich (mal wieder) wie sie Nico beibringen könnte, dass sie sich bald nicht mehr so oft sehen würden. Sie hatte ihn vorhin schon mal angeschrieben, er hatte diese Woche Frühdienst und demnächst Feierabend. Eine Antwort hatte sie zwar noch nicht erhalten, aber damit hatte sie auch noch nicht gerechnet. Zehn Minuten vor Dienstbeginn parkte sie ihr Auto auf dem Bediensteten-Parkplatz und sprintete zum Eingang. Mitten in ihrem Lauf bremste sie abrupt ab. Da vorne kam Nico auf sie zugelaufen und er war nicht allein. Neben ihm lief Natascha, beide schienen sich über irgendetwas köstlich zu amüsieren und bemerkten Ronja zunächst überhaupt nicht. „Na ihr zwei, hattet ihr einen schönen Dienst?" Ronja blieb direkt vor den Beiden stehen und verschränkte demonstrativ die Arme. Bildete sie sich das gerade ein oder guckte Nico jetzt ein wenig schuldbewusst in der Luft herum? „Hallo Süße, Natascha und ich hatten gerade einen ganz witzigen kleinen Patienten. Du machst dich ja ganz schön rar, wieso meldest du dich denn nicht mehr?" Natascha sah von einem zum anderen und legte dann den Arm leicht auf Nicos Schulter. Ronja registrierte diese Berührung mit einem leichten Grummeln im Bauch. „Ich geh dann schon mal, wir sehen uns ja morgen. Schickst du mir nachher noch die Blätter von letzter

Woche?" Sie lächelte ihn lieb an (viel zu lieb für Ronjas Geschmack), warf einen verstohlenen Seitenblick auf Ronja, winkte und verschwand. Ronja sah ihr mit zusammengezogenen Augenbrauen hinterher. Natascha war ein kleiner Hingucker, ziemlich gute Figur, lange feuerrote Haare und strahlend grüne Augen. Außerdem hatte sie eine Ausstrahlung, bei der man als Frau schon mal vor Neid erblassen konnte. Dann drehte sie sich zu Nico um und fauchte ihn an. „Na ihr versteht euch ja glänzend. Ich müsste jetzt lügen wenn ich sagen würde, dass mich das übermäßig freut. Im Übrigen habe ich dir vorhin geschrieben, also komm mir nicht mit ich würde mich rar machen."

Nico hob abwehrend seine Hände, dann kramte er sein Handy aus der Jackentasche. „Stimmt, das habe ich gar nicht gesehen. Wir hatten ziemlich viel zu tun. Da steht, du müsstest mit mir reden. Ist etwas passiert?" Nico sah sie fragend an. Er benahm sich in Ronjas Augen äußerst seltsam, irgendwie so distanziert. Sie legte die Arme um seinen Hals, auch wenn ihr (hoffentlich unberechtigter) Zorn auf Natascha immer noch nicht ganz verraucht war. „Ja, wollte ich eigentlich, aber das machen wir nicht so zwischen Tür und Angel. Wann hast du denn die Woche mal abends Zeit für mich? Wir könnten gemütlich etwas trinken gehen und ich erzähle dir eine ziemlich große Neuigkeit, ok?" Nico drückte sie kurz an sich. Dann sagte er „wenn du magst dann am Freitag, vorher kann ich nicht. Ich hole dich vom Arbeiten ab, wäre das okay für dich?" Ronja freute sich, sie wollte sowieso übers Wochenende in Dossenheim bei Anja bleiben, weil sie jeweils am Samstag und Sonntag Frühdienst hatte. Dafür arbeitete sie die darauffolgende Woche nur an vier Tagen. Nico gab ihr einen flüchtigen Kuss und lief dann in Richtung des Parkplatzes. „Bis Freitag, ich freu mich" rief Ronja ihm hinterher. Er winkte ohne sich nochmal umzudrehen. Ronja sah auf die Uhr. Verdammter Mist, jetzt kam sie DOCH zehn Minuten zu spät, Schwester Heidrun würde wahrscheinlich schon im Dreieck springen. Mit Vollgas rannte sie ins Gebäude und in die Umkleideräume.

„Bevor ich es vergesse, ich bin heute Abend nicht da. Nico holt mich vom Arbeiten ab, wir wollen was trinken gehen. Ich möchte ihm so langsam wirklich gerne von meinem Plan erzählen. Bin ich gespannt wie er reagieren wird." Anja hatte an diesem Vormittag frei und saß Ronja in der Küche gegenüber. Leonie und Lennox saßen in ihren Schlafanzügen im Wohnzimmer auf der Couch, jeder eine Schüssel Cornflakes in der Hand und schauten Fern. Anja sah kopfschüttelnd zu den beiden rüber. „Also es gibt ja nichts unproduktiveres und nervigeres als Winterferien. Draußen ist es zu eklig und hier drinnen könnten die beiden ständig einen Animateur gebrauchen. Ich weiß schon bald nicht mehr, was ich noch mit ihnen tun könnte. Gott sei Dank ist der Spuk in einer Woche vorbei. Du willst also Nico heute Abend beichten, dass ihr euch bald nicht mehr regelmäßig sehen werdet. Uiuiui." Ronja sah ihre Schwester mit grimmigem Blick an. „Ja danke, ich weiß selbst, dass das eher weniger lustig wird. Wobei... er ist in letzter Zeit so komisch zu mir. Vielleicht finde ich ja heute Abend auch noch raus, warum." Ronja saß an ihrem Laptop und googelte gerade „Ausbildung zur Konditorin". Sie leckte sich voller Eifer ständig über die Lippen und ihr Blick bekam etwas Strahlendes. Anja sah ihr schmunzelnd zu. „Du bist dir also wirklich ganz sicher liebe Noni das du das auch wirklich willst? Immerhin ist das ein gewaltiger Schritt in eine völlig andere Richtung." Ronja sah auf. „Und ob ich mir sicher bin, guck dir das mal an." Sie drehte den Laptop so, dass Anja mit drauf gucken konnte. „Ich habe vorhin mit einer Frau Winkler telefoniert, die ist Konditormeisterin bei uns in Wald-Michelbach. Und die bilden in ihrem Betrieb auch Lehrlinge aus. Sie meinte, ich soll ihr mal schleunigst eine Bewerbung zukommen lassen, weil sie jetzt für den Lehranfang im August noch zwei Auszubildende suchen würden. Mensch, das wäre so klasse. Dann könnte ich sogar wieder daheim wohnen." Anja zog eine Augenbraue nach oben. „Und deine heiß geliebte Freiheit wieder aufgeben? Da kannst du nicht so einfach mal schnell in die Stadt zum shoppen. Und du weißt hoffentlich das Mama dich dann wieder unter ihrer Fuchtel hätte." Ronja strahlte unbeirrt weiter. „Na und ob ich das weiß. Nichts gegen Dossenheim und natürlich noch weniger gegen dich und dein trautes Heim. Aber daheim bei Mama und Papa fühle ich mich halt immer noch am wohlsten. Und wenn ich unbedingt shoppen gehen will dann muss ich halt wieder ein Stück weiter fahren."

Sie winkte lässig ab. „Wenn ich dort den Ausbildungsplatz bekommen könnte würde ich ausrasten vor Freude." Dann sah sie auf die Uhr. „Ach Mist, ich muss in zwei Stunden schon wieder bei der Arbeit sein. Wie gesagt, Nico holt mich danach ab, ich fahr also mit der Bahn. Ich komme aber auch nicht allzu spät, versprochen. Was treibt ihr heute Schönes?" Sie sah zu ihrer Nichte und ihrem Neffen, die sich gerade nicht mehr einkriegten vor Lachen, irgendwas im Fernsehen war wohl ziemlich lustig. Anja zuckte ratlos mit den Schultern. „Keinen blassen Schimmer, eventuell gehen wir später ein bisschen ins Rhein-Neckar Zentrum bummeln. Leonie braucht dringend eine neue Hose und Lennox wollte sich von seinem Geld, das er zu Weihnachten bekommen hat, irgendeine neue Actionfigur kaufen." Ronja sah Anja kurz von der Seite an. „Sag mal, hast du eigentlich in letzter Zeit mal wieder etwas von Alexander gehört?" Anja rieb sich über die Augen, das Thema „Alexander" war ihr leicht zuwider. „Tatsächlich höre ich immer mal wieder etwas von ihm, meistens drehen sich seine Sätze nur um das eine Thema: wann sehen wir uns mal wieder und warum willst du mich nicht? Ich weiss ehrlich gesagt nicht wirklich, was ich davon halten soll."

Sie rührte gedankenverloren in ihrer Kaffeetasse. Ronja beobachtete sie. „Willst du ihn denn wieder sehen oder ist das für dich völlig abwegig?" Anja sah auf. „Naja, er ist schon ein Schnuckel", sie grinste, „aber seine doch sehr anhängliche Art macht's mir echt schwer. Ich will halt jetzt nicht schon wieder was Festes. Und das versteht er nun leider überhaupt nicht." Sie stand auf und stellte ihre Kaffeetasse in die Spülmaschine. „Bis wann musst du los?" Ronja ließ ihren Blick zur „Mickey-Maus" Uhr schweifen. Deren Arme zeigten beide auf elf. „Ich denke mal ich nehme die Bahn um zwölf, um eins habe ich Dienstbeginn. Vielleicht kann ich Nico noch kurz auf Station überraschen. Ich glaube, ich fange mal an meine Bewerbung aufzusetzen." Mit entschlossener Miene machte sie sich ans Werk.

„Nico, nicht! Wenn das jemand sieht gibt's den größten Ärger." Natascha kicherte und sah sich verstohlen um. Nico stand hinter ihr und massierte ihr mit angenehmen Druck die verspannten Schultern. Dabei ließ er immer wieder, wie zufällig, seine Hände über ihre Arme und den Rücken hinunter bis zum Hosenbund gleiten. „Das du mich aber ganz schön nervös machst das weißt du hoffentlich, oder?" flüsterte er ihr mit rauer Stimme ins Ohr. Natascha schloss genießerisch die Augen. „Und was ist mit Ronja?" Nico verstärkte den Druck seiner Hände. „Naja, Ronja ist zwar ganz süß, aber auch ziemlich verklemmt. Und ich glaube ja, dass du davon ziemlich weit entfernt bist, wenn ich mich an unser letztes Treffen erinnere, oder?" In dem Moment hörte man die Fahrstuhltür aufgehen und Nico ließ seine Hände von Nataschas Schultern fallen. Keine Sekunde zu früh. Ronja kam freudestrahlend auf ihn zu, bis sie registrierte dass Nico nicht alleine war. Schon wieder Natascha! So langsam wurde das aber echt lästig. „Stör ich?" Die Frage konnte Ronja sich nun nicht verkneifen. Nico rieb sich den Nacken. „Ach was Süße, du störst doch nie. Was machst du hier? Ich dachte, du musst arbeiten?" Ronja sah auf die Uhr.

„Ich hatte nach dem Umziehen noch eine Viertelstunde Zeit, also dachte ich, ich überrasche dich mal kurz. Scheint mir ja gelungen zu sein." Sie blitzte Natascha an, die sich gerade mit einem höhnischen Grinsen den geflochtenen roten Zopf wieder über ihre Schultern nach hinten warf. Nico schwitzte leicht. Er wollte hier auf dem Stationsflur keinen Zickenkrieg auslösen und zog Ronja am

Arm Richtung Fahrstuhl. „Ich habe hier auf der Station eine sehr strenge Oberschwester, die uns ständig im Blick hat. Da möchte ich keinen Anschiss kassieren, verstehst du? Natascha und ich haben gerade neue Waschschüsseln aus dem Lager geholt, deshalb waren wir zusammen unterwegs. Aber es war nett von dir mich überraschen zu wollen, ich habe mich wirklich sehr gefreut." Er küsste sie ganz schnell auf den Mund. Ronja brummelte „ja ja, NETT ist die kleine Schwester von Scheiße. Bleibt es bei heute Abend oder kommt dir rein zufällig irgendetwas dazwischen. Etwas Rothaariges vielleicht?" Sie konnte sich den kleinen Seitenhieb wahrlich nicht verkneifen. Nico wurde schon wieder nervös. „Nicht doch, ich hole dich wie verabredet nach deiner Schicht ab, dann gehen wir ins „Mohr" würde ich sagen. Ich warte auf dich so gegen viertel nach acht am Haupteingang, einverstanden?" Ronja hatte ein leicht seltsames Gefühl, woher das kam wusste sie aber nicht. Sie sah Nico in die Augen und versuchte rauszufinden, was genau sie hier gerade störte. „Also gut, dann gehe ich jetzt was arbeiten, wir sehen uns später." Sie küsste ihn leicht auf die Wange und ging dann auf ihre Station. Ihre komische Stimmung aber blieb bis zum Feierabend. Sie konnte sich auf nichts wirklich konzentrieren und prompt unterliefen ihr ein paar kleine Flüchtigkeitsfehler, die natürlich ziemlich flott den Weg zu Schwester Heidrun fanden. „Ronja, was ist denn heute los mit Ihnen? So durcheinander kenne ich sie ja gar nicht. Das Sie ein völlig falsches Bett gereinigt und desinfiziert haben ist ja nun nicht der Rede wert, aber das Sie Ben die Strümpfe mit den Einhörnern von Valerie angezogen haben fand der überhaupt nicht lustig. Und jetzt hätten sie beinahe die Kurven vertauscht beim Eintragen. Mädchen, das geht so nicht. In unserem Beruf geht es um Menschen, da kann jeder noch so kleine Fehler erhebliche Konsequenzen nach sich ziehen." Ronja schaute betreten zu Boden und merkte, wie ihre Augen zu brennen begannen.

„Es tut mit leid, es wird nicht wieder vorkommen, versprochen. Ab morgen konzentriere ich mich wieder zu hundert Prozent auf meine Arbeit." Sie wischte sich eine Träne aus den Augenwinkeln und lächelte müde. Schwester Heidrun sah sie leicht besorgt an. „Kindchen, wenn ich Ihnen etwas helfen kann dann immer raus damit. Und jetzt gehen sie sich umziehen, der Tag war anstrengend genug. Wir sehen uns morgen früh in alter Frische. Schönen Feierabend." Damit ließ die Stationsschwester

Ronja stehen und ging zurück ins Schwesternzimmer. Ronja atmete auf. Es war kurz nach halb acht. Sie beschloss sich umziehen zu gehen und sich noch ein wenig zurecht zu machen. Dann würde sie in Ruhe nochmal darüber nachdenken, wie sie Nico beibringen sollte das sie vorhatte ihren Ausbildungsplatz zu wechseln. Im Grund genommen würde es ihn ja nichts angehen, es stellte sich nur die Frage, wie es dann mit ihnen beiden weitergehen sollte. Wobei, gab es sie beide eigentlich noch? Nach den letzten Malen, als sie sich begegnet waren, war sie nicht mehr so ganz sicher. Völlig in Gedanken versunken lief sie zum Haupteingang und von dort Richtung Parkplatz. Dann musste Nico nicht den ganzen Weg hierher laufen, sie würde sich so an die Straße postieren, dass er sie gleich sehen konnte. Sie hielt den Blick beim Laufen auf den Boden gesenkt, der Abend war kalt und ungemütlich. Am Ende der Straße stand ein Pärchen unter der Straßenlaterne und knutschte ziemlich wild. Ronja zog den Schal enger um sich und schlug den Mantelkragen hoch. Na toll, das hatte ihr gerade noch gefehlt. Junge Liebe ertrug sie jetzt nicht wirklich. Aber sie wollte bis rüber zum Parkhaus laufen, dort war es zum Warten etwas wärmer und vor allem windgeschützt.

Eigentlich wollte sie schnellen Schrittes an dem Pärchen vorbei um nicht zu stören, aber als sie fast direkt vor ihnen stand blieb sie wie versteinert stehen. Die beiden bemerkten sie immer noch nicht, so sehr waren sie mit sich selbst beschäftigt. „Eigentlich hast du recht, man sollte sich in der Kälte immer bewegen, dann friert man nicht so schnell. Und wie ich sehe hast du ja das perfekte Mittel zum Wärmen gefunden. Wie nennt sich das Ganze denn? Schlampenheizung?" Nico und Natascha fuhren erschrocken auseinander und starrten Ronja entgeistert an. „Was machst du denn schon hier? Ich dachte ich soll dich um kurz nach acht vorne am Eingang abholen?" Natascha ordnete unterdessen ihre Kleidung, mit dem selben höhnischen und dreckigen Grinsen wie heute Nachmittag. Ronja baute sich vor ihr auf und stemmte die Hände in die Hüften. „Dir sag ich jetzt mal was du grinsender Vollpfosten. ICH war mir bisher zu schade für eine Nummer zwischendurch und jetzt weiß ich auch, dass das die beste Entscheidung meines Lebens war. Bei dir sind offenbar alle noch einigermaßen funktionierenden Hirnzellen in der Haarfarbe hängengeblieben und haben es nicht bis ins Innere deines Kopfes geschafft. Wer es so nötig hat, sich einem vergeben Mann auf einem dunklen, kalten Parkplatz an den Hals zu werfen der braucht sich nicht zu wundern, wenn er irgendwann mal den Spitznamen „Ausbildungsmatratze" bekommt. Ich habe da nämlich so etwas über die Stationsflure pfeifen hören. Ich wusste bis jetzt nur nicht genau, wer gemeint war. Aber ich muss sagen, das passt echt perfekt. Du scheinst ja mal so überhaupt nichts anbrennen zu lassen, oder? Der ein oder andere Stationsarzt und Miro aus dem Op mussten wohl auch schon dran glauben. Und es müssen auch immer vergebene Männer sein, habe ich recht? Da ist der Reiz wohl größer, hm? Und die halten auch schön die Klappe danach, selbst wenns Scheisse war. DU bist nicht mal meine Spucke wert!" Ronja fuhr herum und sah Nico in die Augen. In ihr machte sich eine Eiseskälte breit die sie nicht von sich kannte, gleichzeitig hatte sie das Gefühl ihr Gesicht würde brennen vor Zorn. „Und nun zu dir. Wie lange geht das schon mit euch Beiden? Wie lange verarscht du mich schon? Ich habe dir wohl nicht schnell genug die Beine bereitgemacht, was? Ich dachte eventuell, mit dir das wäre etwas Besonderes und wir wollten auf diesen einen, speziellen Moment warten. Gut, jetzt bin ich schlauer. Du warst offenbar NIE etwas Besonderes sondern einfach nur ein primitives

Arschloch." Ronja schluckte. Jetzt bloß nicht weinen. Vor diesen beiden Charakterschweinen würde sie bestimmt keine Schwäche zeigen. „Ronja bitte, lass es mich erklären…." Nico versuchte sie am Arm zu nehmen und zu besänftigen. „FASS MICH NICHT AN, sonst schreie ich hier den ganzen Parkplatz zusammen." Er ließ sie wieder los und starrte sie an. „Du musst mir nichts mehr erklären, gar nichts mehr, verstehst du? Ich wollte dir eigentlich heute Abend erzählen, dass ich die Krankenpflegeschule verlasse und meine Ausbildung beende. Ich denke aber mal das kommt euch jetzt sehr entgegen. Ihr werdet mich also über kurz oder lang endgültig von der Backe haben. Dich liebe Natascha wird das jetzt besonders freuen zu hören, wobei Nico dann wahrscheinlich nicht mehr ganz so interessant für dich sein dürfte. Und dir wünsche ich noch viel Spass mit deinem kleinen „Feuermelder", jedenfalls mal so lange, bis du ihr zu langweilig wirst."
Mit diesem Satz wandte sie sich zum Gehen, mehr wollte und konnte sie nicht mehr sagen. Natascha rief ihr hinterher. „Dein Nico hat halt einfach mal was richtig Gutes im Bett gebraucht, Du warst ja da offensichtlich nicht dazu in der Lage. Schade für dich, du hast echt was verpasst." Nico zischte noch ziemlich laut

in Nataschas Richtung „hast du jetzt noch alle Latten am Zaun??" Da hatte sich Ronja aber auch schon wieder umgedreht und war nochmal kurz zu Natascha zurück gelaufen. Als sie dann zum zweiten Mal ging und den Weg zur Haltestelle einschlug hatte Nataschas rechte Backe gerade den selben Farbton wie ihre Haare angenommen und sie selbst einen richtig bescheuerten Gesichtsausdruck.

„So ein mieses Schwein!" Ronja putzte sich die Nase und warf das Taschentuch zu dem immer größer werdenden Haufen auf dem Wohnzimmerboden. Sie riss zwei neue Kleenex aus der Box, die Anja fürsorglich bereit gestellt hatte als sie Ronjas Gemütszustand gewahr wurde. „Warum sind Männer bloß alle solche Idioten?" Die vorhin noch mühsam zurückgehaltenen Tränen rannen ihr nun unaufhaltsam übers Gesicht, sie hatte schon Kopfschmerzen vor lauter weinen. „Ich hatte wirklich geglaubt ich bedeute ihm etwas und er kann warten, bis ich bereit gewesen wäre. Keine Ahnung wie lange es die Beiden schon miteinander treiben, aber eigentlich ist es ja auch egal. Jetzt bin ich erst recht froh, dass ich dem Ganzen bald den Rücken kehren und etwas Neues beginnen kann. Am liebsten würde ich ab jetzt gar nicht mehr in die Schule. Was mache ich denn jetzt??" Ronja sah Anja völlig verzweifelt an. Die hatte ihr die ganze Zeit beruhigend über den Rücken gestrichen. Ihre kleine Schwester war im Grunde genommen ein kleines, sensibles, sehr verletzliches Wesen. Wenn man sie allerdings reizte konnte sie zur absoluten Furie werden und Anja konnte sich denken, dass die Situation vorhin absolut unschön und entwürdigend für Ronja war. „Ich würde sagen, du beruhigst dich jetzt erst mal. Ich mache uns jetzt einen Tee und dann reden wir in Ruhe darüber wie du am besten weitermachst. Kein Mann dieser Welt ist auch nur eine Träne wert, wenn er DICH verarscht." Sie lächelte Ronja liebevoll an und nahm sie fest in den Arm. „Danke, das ist lieb. Am liebsten würde ich jetzt nach Hause und mich ein wenig von Mama betüddeln lassen. Aber ich muss morgen und am Sonntag früh arbeiten. Ach Mensch ist das grad alles doof." Sie verschränkte die Arme auf den Knien und legte ihren Kopf darauf. Anja hatte Wasser aufgesetzt und wartete bis es kochte. Dann füllte sie zwei Tassen damit, gab in jede zwei

Löffel Zucker und einen Teebeutel mit Apfeltee und ging damit zurück zu Ronja. Die hatte ihr heute morgen schon von dem Gespräch mit Frau Fink erzählt und das griff sie jetzt wieder auf. „Du hast doch gesagt dass deine Lehrerin dich unterstützt. Ruf sie doch am Montag mal an und frag sie, wie schnell du aus dem Ausbildungsvertrag rauskommst und wie lange du dann noch bleiben musst. Vielleicht gibt es eine schnelle und einfache Lösung und du kannst das alles so bald wie möglich hinter dir lassen. Hast du deine Bewerbung für die Konditorenschule schon abgeschickt?" Ronja nahm einen Schluck Tee und fühlte sich gleich etwas besser. Das und Anjas Worte taten ihr gut. „Ja, ich habe alles heute morgen zur Post gebracht. Die Bewerbung für die Schule und die Bewerbung für die Konditorei in Wald-Michelbach. Ich habe gerade das Gefühl ich bin überhaupt noch nicht geschaffen für diese große, komplizierte Erwachsenenwelt. Verstehst du was ich meine? Ich fühle mich gerade völlig sinnlos und leer." Sie seufzte tief und umklammerte ganz fest ihre Tasse mit beiden Händen. Anja nickte verständnisvoll. „Kann ich verstehen. Glaube mir, die nächsten Tage wird das besser. Da müssen wir alle mal durch, Liebeskummer macht vor keinem Halt.

Bis man irgendwann den passenden Deckel zu seinem Topf gefunden hat hat man sich meistens vorher an einigen Herdplatten erst mal richtig den Hintern verbrannt." Jetzt musste Ronja doch lachen, da zeigte sich doch wieder der Vorteil einer älteren Schwester. Die konnte mit erheblich mehr Lebenserfahrung aufwarten und gab Ronja somit wieder ein ganzes Stück Mut und Zuversicht zurück. „Ich komme gerade zu der Einsicht, dass Finja es bisher von uns allen am besten gemacht hat. Die hat der ganzen bekloppten Männerwelt den Rücken gekehrt und so ihr Glück gefunden. Vielleicht sollte ich mir das mal durch den Kopf gehen lassen. Aber eines kann ich dir gleich sagen: ́ne Rothaarige kommt mir mit Sicherheit nicht ins Haus." Jetzt musste Anja lachen. Gott sei Dank hatte Ronja ihren Humor wieder. Sie mochte es nicht, wenn ihre kleine Schwester so traurig und verzweifelt war. Da musste sie schwer an sich halten um sich nicht auch noch in die Geschichte einzumischen. Ronja brachte ihre leere Teetasse in die Küche und gähnte. „Ich glaub ich gehe schlafen, morgen um halb fünf ist die Nacht rum. Ich nehme das Auto mit, auf die Öffis habe ich jetzt wahrlich keinen Trieb. Gute Nacht Schwesterherz, schlaf gut. Und danke." Sie drückte Anja einen dicken Schmatzer auf die Wange und nahm sie kurz und fest in den Arm. „Gute Nacht Noni, wenn was ist dann sag Bescheid. Ansonsten schlaf gut." Als Ronja im oberen Stockwerk verschwunden war und Anja hörte das sich die Tür zum Gästezimmer geschlossen hatte, schnappte sie sich ihr Telefon. Es war halb zehn Uhr Abends, eigentlich müssten ihre Eltern noch wach sein. Es klingelte zweimal, dann nahm ihre Mutter ab „Blomen?" Anja setzte sich bequem auf die Couch und zog die Füße unter sich. „Hallo Mama, ich bin's. Hast du kurz Zeit? Ich glaube, wir müssen reden, es geht um Ronja...."

„Holst du Brötchen wenn du schon mal da bist?" Mathilda sah ihre Jüngste erwartungsvoll an. Ronja gähnte und sah auf die Küchenuhr. „Mama, es ist doch gerade mal acht Uhr. Sei froh das ich überhaupt schon die Augen aufhabe und mit dir rede." Mathilda schmunzelte. „Ja, es ist SCHON acht Uhr und tatsächlich bin ich über dein zeitiges Erscheinen hier in meiner Küche mehr als überrascht mein Schatz. Hast du gut geschlafen?" Ronja war am Vortag völlig ungeplant am späten Nachmittag nach Hause gefahren. Der Frühdienst, den sie mit Ach und Krach hinter sich gebracht hatte, war eine mittlere Katastrophe gewesen. Ronja konnte kaum aus ihren verquollen Augen schauen, an Schlaf war in der Nacht nicht zu denken gewesen. Immer wieder hatte sie die Bilder von Nico und Natascha vor Augen und immer wieder flossen dabei unaufhaltsam Tränen der Enttäuschung und des Zorns. Sie war am nächsten Tag dementsprechend müde und fahrig und zu nichts wirklich in der Lage. Ihr Schädel brummte wie ein ganzes Bienenvolk und irgendwann hatte Schwester Heidrun dann ein Einsehen. „Ronja, gehen Sie nach Hause, Sie sehen ja erbärmlich aus. Bestimmt ist da ein grippaler Infekt im Anmarsch. Legen Sie sich hin und kurieren Sie sich aus, für morgen sind Sie hiermit entschuldigt." Ronja war ihr unglaublich dankbar, ließ das mit dem „grippalen Infekt" mal so stehen und fuhr zurück nach Dossenheim. Dort packte sie ihre Tasche und fuhr sofort heim zu ihren Eltern. Durch das Telefonat, das Anja am Vorabend mit ihrer Mutter geführt hatte, wusste diese Bescheid und ließ Ronja nach ihrer Ankunft zunächst völlig in Ruhe. Mathilda wusste, wenn ihr Nesthäkchen reden wollte würde sie das von alleine tun. Drängen war da eher kontraproduktiv. Ronja kam gegen halb vier Uhr nachmittags bei ihren Eltern an, zog sich in ihr altes Zimmer zurück und schlief bis zum nächsten Morgen tief und fest durch. Jetzt war sie seit fünf Uhr eigentlich hellwach, hatte sich ein wenig durch Nicos alte Nachrichten gelesen, danach alles konsequent gelöscht und war dann um halb sieben noch mal eingeschlafen. Bis sie ihre Mutter in der Küche werkeln hörte. Daraufhin war sie in ihren alten Jogginganzug geschlüpft und hatte sich leise in die Küche geschlichen. Georg schlief noch, sie hörte ihn durch die geschlossene Tür schnarchen. Er hatte, genau wie ihre Mutter, gestern nicht mehr viel mit seiner Tochter geredet. Ronja sollte sich erst sammeln und erholen dürfen, heute war ja schließlich auch noch ein Tag. Mathilda sah Ronja weiterhin erwartungsvoll an. „Also gut, überredet, ich hole Brötchen. Ich möchte mir nur wenigstens erst die Zähne putzen und was Gescheites anziehen, ok?" Sie schlich nach oben ins Bad und packte ihren Kulturbeutel aus. Zwanzig Minuten später hatte sie ihren kleinen Corsa von dem Rest nassen, pampigen Schnee befreit und machte sich auf den Weg Richtung Bäckerei. „Ach, das Fräulein Blomen, sind Sie auch mal wieder im Lande?" Ronja schmunzelte. Hier auf dem Land kannte und mochte man die drei Blomen-Töchter. Sie waren immer freundlich, hilfsbereit und gut erzogen. Klar hatte man in den ersten paar Wochen nach Finjas „Outing" öfter etwas zu ratschen gehabt, aber im Endeffekt hatte sich die Aufregung ziemlich bald wieder gelegt und man gönnte der Mittleren von Mathilda und Georg ihr Glück. „Guten morgen Sieglinde, ja ich bin seit gestern da und dachte, ich versorge heute mal die Familie mit frischen Brötchen. Dürfte ich Sie vielleicht mal etwas fragen?" Sieglinde packte gerade verschiedene Brötchen in eine große Papiertüte und sah auf. „Na klar, fragen Sie ruhig." Ronja überlegte wie sie ihre Frage am besten formulieren sollte. „Ich interessiere mich sehr für den Beruf der Konditorin. Bilden Sie hier in der Bäckerei auch aus oder habt ihr keine Lehrlinge?" Sieglinde sah sie erstaunt an. Von der Mutter wusste sie, das Ronja doch eigentlich gerade eine Ausbildung zur Kinderkrankenschwester machte. Warum dann das Interesse an dem Beruf des Konditors? „Nein, das tut mir leid, aber wir sind eine reine Bäckerei, bilden also zwar Bäcker aus aber keine Konditoren. Sind Sie nicht in Heidelberg im Krankenhaus wenn ich mich recht erinnere? Ich meine Ihre Mutter hätte mir da letztens noch davon erzählt." Ronja schüttelte innerlich den Kopf. Das war so typisch für ihr kleines Heimatörtchen. Jeder wusste eigentlich alles über jeden, aber keiner wusste wirklich was Genaues. Sie nahm die volle Brötchentüte entgegen, aus der es verführerisch duftete. „Doch, da bin ich auch noch. Aber vielleicht nicht mehr lange." Sie legte das abgezählte Geld auf den Tresen und nickte der Verkäuferin zu. „Ich wünsche Ihnen noch eine schönen Sonntag, Sieglinde." Die bedankte sich und wandte sich dem nächsten Kunden zu. Die Jugend von heute, immer so wankelmütig und sich nicht festlegen wollen. Da waren sie und ihr Gerd ja ein ganz anderes Kaliber. Früher gab es dieses ständige Hin und Her nicht, da war man froh wenn man eine Lehrstelle hatte und basta. Sie war gespannt, was ihre Kollegin morgen dazu meinte. Die

Frau Blomen tat ihr ja jetzt direkt beinah leid. Die Älteste lebte in Scheidung, die Mittlere war mit einer Frau zusammen und die Jüngste schien überhaupt nicht zu wissen, was sie wollte. Sie dachte an ihre Tochter Karin. Die hatte sich mit ihrem Mann und den Kindern in der Eifel eine Existenz aufgebaut und eine Naturheilkundepraxis eröffnet. DAS war doch mal eine solide Grundlage. Ob sie glücklich war oder nicht das wusste Sieglinde allerdings jetzt auch nicht so genau....

„Die Sieglinde beim Bäcker hätte mir jetzt gar zu gerne ein Loch in den Bauch gefragt. Aber ich habe ihre Neugier ins Leere laufen lassen. Ich bin mal gespannt wann sie DICH drauf anspricht." Ronja packte die Brötchen in den Korb den ihre Mutter schon bereitgestellt hatte und brachte ihn ins Esszimmer. Dort saß mittlerweile auch ihr Vater. „Guten morgen Paps, na, was macht das Kreuz?" Georg verzog das Gesicht.

„Es ist ein Kreuz mit dem Kreuz. Ich befürchte der Termin nächste Woche endet in einem wahren Fiasko." Mathilda kam mit der Kaffeekanne ums Eck. „Ach Schorsch, mal doch den Teufel nicht an die Wand! Vielleicht braucht diese Geschichte einfach noch ein bisschen mehr Zeit zum Ausheilen." Sie stellte die Kanne auf den Tisch und setzte sich. „Im

Übrigen muss ich euch ja noch das Neueste von Greta erzählen: die wird jetzt „Leih"-Oma!" Mathilda schaute belustigt in zwei völlig irritierte Gesichter. „Meine Herren, die kommt auf die Ideen. Wie kam sie denn dazu?" Georg hatte mitten im Brötchenaufschneiden aufgehört und schaute seine Frau jetzt äußerst gespannt an. „Sie hat sich doch an deinem Geburtstag im Dezember mit einem Mann im Park getroffen, erinnert ihr euch? Ich dachte ja erst, da ging es um eine neue Liebschaft. Aber nein, das war ein junger Familienvater, der in der OZ inseriert hatte das er eine Art „Ersatz-Oma" für seine drei Kinder sucht. Die sind so im Alter zwischen vier und neun Jahren. Die Familie ist vor kurzem erst von der Ostsee hierher gezogen und hat hier sonst niemanden. Beide Eltern sind berufstätig und wollen jemanden, der ihre Kinder nachmittags nach der Schule und dem Kindergarten ein bisschen beaufsichtigt. Vielleicht auch ab und zu etwas kocht und mit ihnen Schulaufgaben macht. Und Greta fühlte sich da absolut dazu berufen. Ich muss sagen, ich finde diese Idee auch hervorragend. Sie hat sich früher auch schon immer hingebungsvoll um euch drei gekümmert, und das mit den Schulaufgaben und der Nachmittagsbeschäftigung traue ich hier vorbehaltlos zu. Und sie hätte wieder eine Aufgabe, die ihr Spass macht und sie erfüllt. Sie war wohl inzwischen schon zweimal dort, damit sie und die Kinder sich kennen lernen solange noch Ferien sind. Und sie haben sich wohl alle richtig gut verstanden. Die Familie Ritter, so heißen die fünf, haben wohl noch eine Putzfrau und jemanden, der sich ein wenig um das Außenherum kümmert. Das sind wohl ziemlich wohlhabende Leute, beide arbeiten bei Audi in der Entwicklungs-Abteilung. Greta kann sich so ein bisschen ihre Rente aufbessern und fühlt sich richtig wohl." Mathilda lehnte sich zufrieden in ihrem Stuhl zurück. Man merkte ihr an, wie sehr sie sich für ihre langjährige Freundin freute. „Wow, das klingt ja echt cool. Da bin ich ja mal gespannt wie oft du sie noch zu Gesicht kriegen wirst. Wenn sie dann doch so beschäftig ist." Ronja zwinkerte ihrer Mutter zu. „Ich finde es gut das Greta wieder eine Aufgabe hat. Da hat man doch gleich ein bisschen was anderes zu erzählen wenn man sich mal trifft. Sonst geht es bei euch ja meistens eh nur um Kochrezepte, Krankheiten und unsere Kinder." Georg wusste, mit diesem Satz lebte er gefährlich, mal eben schnell flüchten ließ sein maroder Rücken nämlich nicht zu. Deshalb warf er lieber gleich eine Kusshand in die Richtung seiner knurrenden Frau. „Und ich weiß sogar noch etwas Neues. Aber ich glaube, das würde am ehesten Anja interessieren. Da geht es nämlich um Alexanders Frau." Georg nahm eine Schluck Kaffee. „Bist du seit neuestem beim BND angestellt seit ich ausgeknockt in der Wohnung bleiben muss?" Er sah seine Frau über den Rand seiner Kaffeetasse fragend an. „Rede doch keinen Unsinn, ich bekomme halt nur ständig von allen Seiten irgendetwas zugetragen. Kann ich was dafür das ich so ein vertrauenswürdiges Erscheinungsbild habe?" Sie klimperte treuherzig mit den Wimpern. Georg musste schallend lachen. „Na dann erzähl doch mal, du verlässliche Quelle für Heimlichkeiten. Was gibt's Neues in der Straße?" Ronja spitzte die Ohren. Ihre Mutter hatte recht. Das, was sie da gehört hatte, würde Anja bestimmt interessieren. Bei nächster Gelegenheit würde sie ihr das sofort unterbreiten müssen....

„Herr Blomen bitte." Dr. Trautmann rief Georg zu sich ins Sprechzimmer, Mathilda folgte nervös. Das MRT war gerade gelaufen, jetzt würden sie gleich erfahren, ob die Tabletten und die Zwangsruhe etwas bewirkt hatten. Beide nahmen auf den Stühlen gegenüber des Schreibtisches Platz, Dr. Trautmann setzte sich dahinter und warf minutenlang konzentrierte Blicke auf den Bildschirm vor ihm. Dann drehte er den Monitor zu Mathilda und Georg um. Tja Herr Blomen, sehen Sie das? Das sieht nicht wirklich gut aus." Georg starrte auf den Bildschirm. Außer ein ziemliches Durcheinander in schwarz-weiß konnte er absolut nichts erkennen. „Tut mir leid, aber ich bin bei diesem Anblick da völlig überfordert. Was heißt „das sieht nicht gut aus"?" Dr. Trautmann nahm seine Brille von der Nase und kaute auf dem linken Brillenbügel herum. „Nun, das heißt das wir um eine Operation wohl nicht herum kommen. Das Antibiotika konnte zwar offenbar die Entzündung etwas eindämmen aber der eigentliche Befund hat sich im Gegensatz zum Dezember doch eher verschlechtert. Ich würde Sie gerne in Heidelberg bei Professor Kantus vorstellen, eine Koryphäe auf dem Gebiet der Wirbelsäulen-Operationen. Da wären Sie in guten Händen. Meine Damen werden Ihnen einen zeitnahen Termin vereinbaren, ich denke nicht, dass wir das noch auf die lange Bank schieben sollten." Mathilda war blass geworden, Georg nahm ihre Hand. Sie war eiskalt. Er sah sie besorgt an. Dabei war er es doch eigentlich, der sich jetzt etwas Sorgen um sich selbst machen müsste. Aber seltsamerweise blieb er ziemlich gelassen und ruhig. Es war ja nun mal nicht zu ändern, er erhoffte sich einfach nur so bald wie möglich wieder völlig schmerzfrei sein zu können.

„Gut, dann wenden wir uns jetzt an die Damen an der Anmeldung. Danke für Ihre Zeit Dr. Trautmann." Die Männer schüttelten sich die Hände, Mathilda nickte nur abwesend.

„Das ist doch selbstredend Herr Blomen. Ich werde mich nach gegebener Zeit mal nach Ihnen erkundigen wenns recht ist. Halten Sie sich munter bis dahin." Georg und Mathilda verließen den Raum und holten sich ihre Jacken von der Garderobe. Beide schwiegen. Dann gingen sie vor zur Anmeldung, wo eine nette junge Dame meinte „nehmen Sie noch einen Augenblick Platz bitte. Ich telefoniere gleich mal mit Heidelberg, Dr. Trautmann hat mir alles notiert. Gibt es einen Tag an dem Sie absolut nicht können oder sind Sie da flexibel?" Georg schüttelte den Kopf. „Wir nehmen was wir kriegen, wann immer der nächste Termin frei ist." Dann setzten sie sich nebeneinander ins Wartezimmer und schwiegen. Georg sah seine Frau von der Seite an und sah das verdächtige Glitzern in ihren Augen. „Mathilda bitte...ich soll doch nicht geviertelt werden. Dieser Professor Kantus hat so eine OP bestimmt schon hunderte Male gemacht und schneller als du gucken kannst bin ich wieder ganz der Alte." Er wollte lustig klingen, aber Mathilda verstand seinen Humor gerade überhaupt nicht. „Können wir da bitte später drüber reden, ja?" Sie schluckte, das würde ihr gerade noch fehlen wenn sie jetzt hier im Wartezimmer das große heulende Elend überkam. Die Dame von der Anmeldung kam auf sie zugelaufen und beide standen auf. „Hier bitte, ich habe Ihnen den Termin aufgeschrieben. Sie sollen am 15. Februar morgens um acht gleich dort sein. Das war der früheste Termin den ich kriegen konnte. Und Sie sollen bitte nüchtern kommen, falls man Ihnen gleich Blut abnehmen möchte." Georg half seiner Gattin in ihre Jacke.

„Vielen herzlichen Dank für Ihre Mühe." Die Arzthelferin lächelte. „Nicht der Rede wert. Passen Sie auf sich auf." Dann verließen Georg und Mathilda Hand in Hand die Arztpraxis.

Draußen auf dem Parkplatz holte Mathilda ganz tief Luft. „Wie kannst du nur so entspannt sein??" Sie sah ihren Mann fast schon verzweifelt an. „Ich gehe fast kaputt vor Angst das dir bei der Operation etwas passieren könnte." Sie schlug die Hände vors Gesicht und schluchzte leise. Georg nahm sie fest in den Arm und gab ihr einen Kuss auf die Stirn. „Weißt du Mamutschka, ich wäre einfach nur wahnsinnig froh, wenn ich mich endlich wieder schmerzfrei bewegen könnte. Und wenn die OP meine einzige Alternative auf dem Weg dorthin ist dann ist das nun mal so. Und einen Teufel werde ich tun und dich alleine lassen, das weißt du doch. Ich lasse mich operieren, gehe in Reha und mir nichts dir nichts bin ich wieder bei dir zuhause. In alter Pracht und neuem Glanze." Er lachte leise. Mathilda schubste ihn an die Schulter. „Verrückter Hund, mal ehrlich. Alles wird gut, alles andere ist keine Option, haben wir uns da verstanden Herr Blomen?" Er salutierte vorsichtig, hektische Bewegungen taten seiner maroden Wirbelsäule einfach nicht gut. „Ay Ay Sir! Komm, lass uns bei Anja vorbeifahren. Die Kinder haben noch Ferien, wenn wir Glück haben sind sie zuhause." Mathilda schnäuzte sich lautstark die Nase, dann stieg sie ins Auto. „Prima Idee und irgendwo von unterwegs bringen wir was Süßes zum Kaffee mit. Ich brauche jetzt dringend etwas für meine Nerven."

Ende Januar hielt Ronja einen Brief in der Hand. Sie hatte sich von der Schule beurlauben lassen und war krankgeschrieben. Seit nunmehr zwei Wochen war sie zuhause bei ihren Eltern. Der Abstand von Heidelberg tat ihr gut, sie konnte wieder freier atmen und war auch nicht mehr so angespannt. Von Nico kam die ersten Tage noch hin und wieder eine Nachricht voll mit den schwülstigsten Entschuldigungen. Sie ignorierte sie und irgendwann gab er auf. Sie wollte sich mit keinem Gedanken mehr damit befassen. Sie drehte den Umschlag hin und her und getraute sich kaum ihn zu öffnen. Langsam ging sie vom Briefkasten zurück ins Haus und setzte sich an den Küchentisch. Ihre Mutter bereitete gerade das Mittagessen zu. „Ist irgendwas?" Sie drehte sich zu Ronja um. Die hielt ihrer Mutter wortlos den Brief hin. Er war von der ortsansässigen Konditorei, wo sich Ronja vor knapp drei Wochen beworben hatte. „Ui! Wieso machst du ihn denn nicht auf?" Sie wischte sich die Hände an einem Geschirrtuch ab und setzte sich zu ihrer Tochter an den Tisch. „Ich traue mich nicht. Was, wenn das eine Absage ist? Wo frag ich denn dann noch?" Mathilda legte ihr beruhigend eine Hand auf den Arm. „Du kannst doch den Inhalt des Briefes nicht ändern nur weil du ihn nicht aufmachst." Sie griff hinter sich und schnappte sich das Kartoffelschäl-Messer. „Auf geht's, ich bin ja da." Ronja atmete tief aus und schlitzte den Umschlag auf. Dann zog sie vorsichtig den Brief heraus, klappte ihn auf und fing an zu lesen. Mit jeder Zeile mehr erhellte sich ihr Gesicht, als sie bei der Unterschrift angelangt war strahlte sie wie ein Honigkuchenpferd. „Ich bin zum Vorstellungsgespräch eingeladen, nächste Woche schon. Sie würde mir gerne eine Chance geben. Woohooo, das ist ja der Oberhammer, oh mein Gott ich freu mich wie ein Schnitzel. Ist das so geil!!" Ronja war aufgesprungen und hatte die Arme vor lauter Freude in die Luft gerissen. Dann umarmte sie stürmisch ihre Mutter und hätte sie dabei beinahe vom Stuhl geworfen. „Kind langsam, ein Invalide in der Familie reicht ja wohl völlig." Ronja setzte sich wieder hin. „Am besten ich überlege mit gleich mal was ich anziehe und was ich alles fragen möchte. Vorbereitung ist die halbe Miete, oder? Apropos Invalide...was macht Papa eigentlich?" Mathilda erhob sich seufzend und widmete sich wieder ihren Kartoffeln. „Der hat die Spielekonsole in Finjas Zimmer für sich entdeckt und spielt nun schon fast den ganzen Tag „Super Mario". Da muss er sich nicht viel bewegen, ist mir aus den Füßen und ausreichend abgelenkt. Ich habe ernsthaft überlegt, ihm noch ein anderes Spiel zu besorgen. Aber die Konsole ist so alt das ich gar nicht weiß, ob es da überhaupt noch Spiele gibt." Ronja wurde nachdenklich. Hätte sie jetzt noch Kontakt mit Lena hätte sie ihrem Vater bestimmt zu weiterem Zeitvertreib verhelfen können. Lenas Mutter Katrin hatte unzählige alte Konsolen-Spiele auf ihrem Speicher gehortet. Das wusste Ronja, diese Frau konnte einfach nichts wegwerfen. Bei dem Gedanken an Lena wurde sie schwermütig. Sie hatten nun schon fast acht Wochen keinerlei Kontakt mehr miteinander gehabt. Seltsamerweise waren die vielen Pärchen-Fotos und Urlaubsbilder mit ihrem heißblütigen Italiener auf ihrem Instagram-Profil in letzter Zeit auch immer weniger geworden und Lena machte sich in den sozialen Medien rarer, als man es von ihr gewohnt war. Ronja hätte ihr außerdem so gerne von ihrer neuen beruflichen Entwicklung erzählt.

„Schreib sie doch mal an, oder noch besser, fahr doch einfach mal vorbei." Mathilda hatte sich umgedreht und Ronja beobachtet. „Gott Mama, du bist echt manchmal gruselig. Woher weißt du denn jetzt schon wieder was ich denke?" Mathilda strubbelte ihrer Jüngsten durch die blonden Haare und lachte. „Ich bin hier das Familienorakel, wenn du noch etwas wissen willst musst du aber zuerst einen Euro in meine Kitteltasche stecken." Ronja stand auf und ging zur Tür. „Ich glaube ich gehe mal an die frische Luft, nicht das das hier noch irgendwie ansteckend ist." Sie schnappte sich ihre Jacke vom Haken, bedachte das empörte „dir geb ich gleich ansteckend Fräuleinchen!" mit einem Luftkuss Richtung Küche und zog die Haustür hinter sich zu. Draußen atmete sie tief durch und zündete sich eine Zigarette an. Dann schlenderte sie zum Hoftor raus und lief einfach drauflos. Sie grübelte über Lena nach. Es war noch früh am Tag, gerade mal halb zwölf. Das Wetter hatte sich von „eisig kalt" Anfang Januar mittlerweile in Richtung „fast schon lauwarm" entwickelt. Die Jacke hätte sie sich definitiv sparen können. Überall lag noch hie und da ein wenig Schneematsch. Ein Glück musste man jetzt wenigstens nicht mehr streuen oder Schnee weg schippen. Fünfzehn Minuten später war sie kurz vor Lenas Haus gelandet. Sie hatte gar nicht bemerkt wo sie hingelaufen war. Lenas roter Opel stand vor der Tür, also war sie wahrscheinlich daheim. Ronja haderte mit sich selbst. Zum einen würde sie unheimlich gerne ihre alte Freundin wieder sehen und mit ihr reden. Zum anderen war sie sich nicht sicher, was in der Zwischenzeit alles in deren Leben passiert war und ob sie vielleicht gar nichts mehr mit Ronja zu tun haben wollte. „Komm schon, Noni, sie wird dir schon keine blauen Augen verpassen oder sonst irgendetwas gesetzwidriges. Klingel doch einfach, sag Hallo, dann wirst du ja sehen, ob sie dich sehen will oder nicht. Und wenn nicht gehst du einfach wieder und gut ist."

Ronja sprach leise mit sich selbst und beobachtete weiterhin Lenas Haus. Dort bewegte sich gerade ein Vorhang und Ronja hätte schwören können Lenas Gesicht dahinter entdeckt zu haben. Sie holte ganz tief Luft und machte ein paar zögerliche Schritte Richtung Haustür. Kurz bevor sie dort angelangt war wurde diese aufgerissen und Lena starrte sie fast ungläubig an. „Noni" flüsterte sie leise, dann sprintete sie los und riss Ronja fast um, so stürmisch fiel sie ihr um den Hals. Ronja blieb wie angewurzelt stehen, sie hatte mit allem gerechnet, nur nicht mit diesem emotionalen Überfall. „Ich bin so unfassbar froh dich zu sehen" schluchzte Lena mit erstickter Stimme in Ronjas Hals. Die erwachte endlich aus ihrer Starre und drückte Lena ganz fest an sich. „Du hast mir so unglaublich gefehlt". Jetzt war es auch mit Ronjas Fassung endgültig vorüber und keine fünf Sekunden später lagen sich beide Mädchen auf offener Strasse in den Armen, mitten im schönsten Schneematsch, und heulten. Nach einer gefühlten Ewigkeit ließ Lena Ronja wieder los, wischte sich mit ihrem Pullover-Ärmel über die Augen und die Nase und sagte zu Ronja „du kommst jetzt sofort mit rein, ich habe dir so unglaublich viel zu erzählen!"

Ronja folgte Lena ins Wohnzimmer und riss erstaunt die Augen und den Mund auf. Sie hatte die Wohnung von Lena und Kathrin seit ein paar Wochen nicht mehr betreten. Und erkannte sie nun kaum wieder. Fast alles war neu, die Couch, der Tisch, die zwei Sessel, der Raum war frisch tapeziert und gestrichen und anstatt des muffigen Teppichs lag jetzt schickes Laminat auf dem Boden. Die Kissen waren farblich auf die Couch abgestimmt und der ganze Raum roch frisch und sauber. Überhaupt kein Vergleich zu vorher. Ronja entfuhr ein perplexes „was ist denn hier passiert??" und wusste im selben Moment schon, dass das eigentlich der völlig falsche Auftakt war. Lena war in der Küche verschwunden um sich ein Taschentuch zu holen. Jetzt trat sie hinter Ronja und putzte sich geräuschvoll die Nase. Dann lief sie vor zu einem der nagelneuen, hellgrauen Sessel und setzte sich langsam. Ronja nahm ihr gegenüber auf dem Sofa Platz und strich mit der Hand vorsichtig über das Polster. Es war unglaublich weich und ziemlich edel. Dann starrte sie Lena an. Irgendetwas fühlte sich hier gerade nicht wirklich gut an, Ronja konnte ihr Gefühl nicht ganz einordnen. „Lena?" Die fing sofort wieder an zu weinen. Ronja war erschüttert. Sie stand auf und kniete sich vor Lena hin. Sie legte eine Hand auf deren Knie und meinte dann leise „willst du mir vielleicht erzählen was passiert ist?" Wieder ein energisches Schnäuzen in das bereits völlig zerfledderte Taschentuch, dann holte Lena tief Luft. „Giovanni ist das größte Arschloch unter Gottes Sonne. Und ich blöde, naive dumme Kuh habe dir nicht geglaubt, sondern habe mich ihm mit Anlauf an den

Hals geworfen. Die erste Woche nach unserem Streit war ja auch alles noch schick. Wir waren in St. Moritz, haben dort in den edelsten Restaurant gegessen, waren in den nobelsten Clubs, haben dort flaschenweise den teuersten Champagner geköpft und Giovanni machte mir die unglaublichsten Geschenke. Aber wir waren auch nie wirklich alleine. Ständig waren wir umgeben von irgendwelchen Cousins oder Onkeln, die immer die schönsten und heißesten Weiber dabei hatten. Ich habe am Anfang immer noch gedacht „wow, du musst ja echt ne heiße Schnitte sein, wenn du zu diesem illustren Kreis gehören darfst". Dann kam er irgendwann auf die Idee, mich zuhause besuchen zu wollen. Also nicht nur vorne an der Haustür abliefern sondern auch mit rein kommen. Das hatte ich die ganze Zeit tunlichst vermieden. Ich wollte es mir ja selbst nicht eingestehen, aber du hattest ja recht. Die Bude hier war unterirdisch. Überall roch es und war dreckig und unordentlich. Ich habe also mein Sparbuch geplündert und mir von meiner Tante noch 5000€ geliehen. Dann habe ich fast das ganze Haus auf den Kopf gestellt, sinnbildlich gesprochen. Meiner Mutter wars egal was hier drin passiert, im Gegenteil. Sie fand's super das es auf einmal viel besser aussah. Ein paar Euro dazuzugeben sah sie aber dann doch nicht ein. Ich zeige dir später mal den Rest, ich habe wirklich ganze Arbeit geleistet. Als Giovanni dann das erste Mal hier drin war war er auch dementsprechend äußerst angetan, jedenfalls bis zu einem gewissen Punkt. Vor zwei Wochen ungefähr ist dann etwas ganz Schreckliches passiert. Und jetzt habe ich einfach nur noch Angst." Sie schluchzte laut auf. Ronja strich ihr beruhigend über den Unterarm. Sie fühlte sich gerade leicht hilflos, so aufgelöst kannte sie ihre Freundin eigentlich nicht. „Ok, warte, ich muss mich kurz sammeln. Komm, wir gehen auf den Balkon eine rauchen." Das kam Ronja sehr entgegen. Sie hätte auch einen Tee oder einen Kaffee genommen, wollte aber Lena gerade nicht völlig aus dem Konzept bringen. Die schien schon durcheinander genug. Beide standen schweigend nebeneinander, jede hing ihren Gedanken nach. Ronja überlegte, was wohl als Nächstes kam. Sie beschloss vorsorglich mal auf alles gefasst zu sein. Lena drückte ihre Zigarette aus, Ronja nahm noch einen tiefen Zug und tat es ihr dann gleich. Sie sollte mit dem Rauchen aufhören, es wäre bestimmt von Vorteil wenn ihre Hände beim Teig kneten nicht nach Rauch riechen würden.

Dan folgte sie Lena in die mittlerweile gemütliche Wohnstube und setzte sich wieder auf die Couch. Lena blieb unschlüssig im Türrahmen stehen. „Kann ich dir vielleicht was anbieten?" Ronja lächelte. „Au ja, gerne. Einen Tee wenn du hast." Lena nickte. „Magst du mit in die Küche kommen und dir angucken, was ich dort alles so verändert habe?" Na und ob Ronja wollte. Lena wirkte fast schüchtern, als wäre Ronja eine Fremde und nicht ihre jahrelange engste Freundin. Seltsam! Sie folgte ihr in die Küche. Dort fiel ihr fast die Kinnlade auf ihre Sneaker. Ungläubig sah sie sich um. Von der vormals dunklen, schmierigen Holzküche mit den ausgeleierten Hängeschränken war nichts mehr zu sehen.

Hier glänzte alles in Hochglanz weiß, abgestimmt mit einigen dunkelgrauen Akzenten wie den Griffen und den Zierleisten. Die Arbeitsflächen strahlten vor Sauberkeit, auf dem Fensterbrett standen in diversen Töpfen frische Kräuter und über der Kochinsel in der Mitte hingen chromblitzende Küchenutensilien. Die Wände waren in einem satten türkis und zartem Grau gestrichen, die dazu passenden Polster auf den Küchenbänken am Tisch und der kleine Blumenstrauß in der Mitte gab der Küche ein wunderbar wohnliches und gemütliches Aussehen. Ronja war hin und weg. „Lena das ist ein absoluter Traum! Hier sieht es ja aus wie in einem Einrichtungshaus, unfassbar was du hier draus gemacht hast." Staunend und weiterhin mit offenem Mund sah sie sich um. Dann sah sie wieder Lena an, die nur traurig mit den Schultern zuckte. „Ja, ich gebe zu, es ist erheblich besser als vorher. Aber das viele Geld hätte ich mir sparen können." Sie füllte das mittlerweile kochende Wasser in die bereitgestellte Kanne und öffnete eine Schublade. Dort fanden sich, säuberlich aufgereiht, zehn verschiedene Teesorten. „Hier, such dir was aus. Wir können uns auch gerne hierhin setzen wenn du magst."

Ronjas Verblüffung wuchs beinahe sekündlich. Und im selben Verhältnis wie ihre Verblüffung wuchs aber auch ihre Verunsicherung und ihr langsam aufkeimendes Misstrauen. Sie wusste überhaupt nicht mehr, was sie denken oder sagen sollte. Sie wählte die Teesorte „heiße Liebe" und setzte sich dann ziemlich angespannt auf die gemütliche Eckbank in der Küche. Lena stellte beide Tassen auf den Tisch und setze sich Ronja gegenüber. Die überlegte sich gerade einen unverfänglichen Satz und fragte dann „hast du eigentlich noch mehr Zimmer völlig auf den Kopf gestellt oder wars das?" Lena errötete leicht. „Naja, das obere Schlafzimmer und das alte Kinderzimmer sind eigentlich kaum wieder zuerkennen. Lediglich von Mamas Schlafzimmer musste ich die Finger lassen, die liebt ihren alten Mief und ihr Chaotendasein zu sehr, als das ICH das zerstören dürfte." Ronja drehte ihre Tasse hin und her und fühlte sich unwohl. Wo war denn dieses vertraute, warme Gefühl wenn sie bei ihrer besten Freundin saß? Vielleicht kam das ja demnächst wieder, sie beschloss jetzt erst mal neutral an die ganze Sache heranzugehen und Lena zuzuhören, wenn sie etwas erzählen wollte. Und danach sah es absolut aus. Man konnte fast schon sagen das Lena ihr Mitteilungsbedürfnis geradezu aus dem Gesicht sprang. Ronja fragte deshalb sehr vorsichtig „magst du mir vielleicht mal der Reihe nach erzählen, was die letzten Wochen passiert ist?" Sie wagte dabei kaum, ihre alte Freundin anzusehen. Lena brach schon wieder in Tränen aus und Ronja war leicht schockiert über Lenas Gefühlslabilität. So kannte sie sie nun wirklich nicht. Lena streckte den Rücken durch, schloss die Augen und zischte „ich kenne keinen größeren Idiot als diesen italienischen Oberblödmann!" Oje, Lena war wohl wirklich nicht gut auf diesen Giovanni zu sprechen. Noch bevor Ronja aber irgendetwas dazu sagen konnte sprudelte es aus Lena heraus.

„Wir waren ja vor Weihnachten in St.Moritz, das habe ich dir vorhin ja schon erzählt. Eigentlich waren ja nur drei Tage geplant, aber der saubere Herr hat dann gleich mal noch drei Tage dran gehängt. Da dachte ich noch „hat der eigentlich nix zu arbeiten?" aber ich hatte ja noch Ferien und es war am Anfang auch echt super schön da, also war es mir eigentlich auch egal. Nur das eben weiterhin halb Italien um uns herum versammelt war störte mich dann doch irgendwann gewaltig. An Tag vier sprach ich Giovanni darauf an und bat ihn darum, doch auch mal was nur zu zweit zu unternehmen. Daraufhin wurde er ziemlich sauer. Ich solle mich nicht so anstellen, schließlich wäre das ja alles „la familia" und da wäre das normal das man seine Zeit miteinander verbringen würde. Die ganzen Onkel und Cousins störten mich ja auch nicht sonderlich, mich nervten halt nur diese ganzen aufgemotzten Weiber. Am nächsten Abend kam Giovanni mit dem Satz zu mir „ich gehe nachher mit den anderen weg, du wartest hier bis ich wieder zurück komme". Und ich sagte ihm „Nein, das werde ich nicht. Entweder nimmst du mich mit oder ich bummele alleine ein bisschen durch den

Ort." Daraufhin hat er mich ziemlich brutal am Arm gepackt und gemeint „einen Teufel wirst du tun! Wenn ich sage du bleibst hier dann bleibst du hier, haben wir uns verstanden??" Ich war so entsetzt und sprachlos das ich nur noch erschrocken mit dem Kopf genickt habe. Er schob mich unsanft weg und ich habe mich tatsächlich den ganzen Abend nicht mehr aus dem Zimmer heraus getraut. Als er weit nach Mitternacht wieder kam war er ziemlich betrunken und hatte wohl auch gekifft, jedenfalls sah er mal so aus. Und er war zahm wie ein Lamm. Als er mir im Bett zärtlich „Scusa Amore mio" ins Ohr flüsterte war es um mich natürlich wieder völlig geschehen. Am nächsten Tag sahen mich die Frauen sehr seltsam an, sie standen beieinander und tuschelten und sobald ich den Raum betrat hörten sie damit auf. Ich hatte mich in meinen Jogginganzug geworfen und fläzte mich mit einem Tee und einem Buch auf die Couch im riesigen Wohnzimmer des Chalets. Da war es so um die Mittagszeit. Giovanni kam herein, in schwarzer Hose, mit einem enganliegenden Hemd und einer schmalen Krawatte. „Maledetto, wie siehst du aus?" schrie er mich an. Ich weiß noch das ich furchtbar erschrak. Eigentlich war nichts Grosses geplant für den Tag und ich hoffte auf ein wenig Erholung und Ruhe. Wenn wir schon, ausser Nachts, nie wirklich alleine waren. „Wir bekommen gleich Besuch von Salvatore di Luca, einem sehr angesehenen Mann. Maria hat gekocht und wir werden mit ihm zusammen essen. Also zieh dich gefälligst um. Und zieh dir was Ordentliches an, am besten das Kleid das ich dir gestern gekauft habe. Und mach deine Haare, du siehst aus wie ein „barboncino" oder wie sagt man?" Da lachte einer der Frauen total doof und rief rüber zu uns „das heißt Pudel auf deutsch". Giovanni sah mich abfällig an und meinte dann „Genau, du siehst gerade aus wie ein Pudel". Ich dachte echt ich bin im falschen Film. Aber da ihm so gut wie alle zugehört hatten bin ich zähneknirschend in unser Zimmer zurück und habe mich in Schale geworfen. Und dachte noch „ist doch eigentlich schön das er so mit dir angeben möchte". Gott was war ich so dumm."

Lena haute sich so dermaßen mit mit der flachen Hand gegen die Stirn das Ronja Angst hatte sie würde gleich vom Stuhl kippen. „Soll ich weitererzählen oder bist du schon bedient?" Ronja hatte es bei Lenas Erzählung zwischendurch immer mal wieder leicht geschüttelt und nur zu gerne wäre sie ihr des öfteren mal ins Wort gefallen. „Nein, wenn es

dir nichts ausmacht dann erzähl bitte weiter."
Lena atmete tief durch und nahm einen
Schluck von ihrem kaltgewordenen Tee.

„Ich habe mich also wie gewünscht
aufgedonnert, das Kleid war kurz und weit
ausgeschnitten, meine Haare lagen perfekt
und meine Lippen schminkte ich tiefrot. Als
ich zurück in die Küche kam pfiff Giovanni
anerkennend durch die Zähne und Charlotta,
eine der italienischen Frauen machte leise
aber deutlich „pfff".

Ich ignorierte es mit hocherhobener Nase,
schließlich fand mich ja der heißeste Typ im
Raum offenbar ziemlich scharf, das reichte ja
wohl. Dann kam dieser besagte Salvatore. Ich
sag's dir, ein Schmierlappen vor dem Herrn.
Klein, untersetzt mit fettigen schwarzen
Haaren, einem Nacken aus dem du drei
hättest machen können, einem feisten
anzüglichen Grinsen im Gesicht und zwei
Goldzähnen hinter seinen fleischigen Lippen.
Aber dafür war sein Anzug aus feinster Seide,
seine schwarzen Schuhe aus edelstem Leder
und er trug fast an jedem seiner dicken
Wurstfinger einen goldenen Ring. Außerdem
roch er fürchterlich aufdringlich nach einem
sündteuren After-Shave. Er war mir auf den
ersten Blick unglaublich zuwider. Und das ließ
ich ihn auch spüren. Wir versammelten uns

rund um den großen Esstisch. Er nahm an der Stirnseite Platz und ich musste mich an seine linke Seite setzen. Giovanni saß mir gegenüber und spürte wohl meine Abwehr. Jedenfalls sah er mich ständig mahnend, fast schon drohend an. Salvatore gaffte mich während des Essens an als wäre ich ein Stück Vieh, das zur Versteigerung steht. Außerdem konnte er seine Hände nicht bei sich behalten. Mal tätschelte er meine Hände, mal fuhr er mir mit dem Handrücken über die Wangen, oder streichelte mir, wie zufällig, meine Oberschenkel. Bei jeder seiner Berührungen zuckte ich zurück und versuchte ihm auszuweichen. Er unterhielt sich mit Giovanni auf italienisch, ich verstand natürlich kein Wort. Es fielen so Satzfetzen wie „Quando comincia" oder „molto da Imparare". Ich habe Giovanni später gefragt über was sie sich unterhalten hätten. Da pflaumte er mich an das mich das einen Dreck angehen würde. Die anderen Weiber hingen regelrecht an Salvatores Lippen und lachten immer furchtbar grenzdebil und kindisch wenn er eine seiner offenbar „unglaublich lustigen" Anekdoten von sich gab. Ich verstand natürlich nur Bahnhof, die ganze Sippschaft hat sich natürlich ausschließlich auf italienisch unterhalten, ohne auch nur die geringste

Rücksicht auf mich. Das Ganze hat sich bis spät in die Nacht hingezogen und je später der Abend wurde umso mehr musste ich mich gegen die anzüglichen Avancen dieses Ekelpaketes zur Wehr setzen. Und je mehr ich mich wehrte umso wütender wurde Giovanni. Ich sah es in dem ziemlich aggressiven Funkeln in seinen Augen und wäre am liebsten auf der Stelle zurück in unser Schlafzimmer und hätte die Tür hinter mir zugeschlossen. Als sich Salvatore endlich verabschiedet hatte bin ich ohne ein weiteres Wort ins Bad und habe mich erstmal gründlich und lange geduscht. Ich konnte mich irgendwie selbst nicht leiden und fühlte mich allein durch seine kurzen Berührungen total beschmutzt. Als ich, nur in ein Handtuch gewickelt aus dem Bad kam stand Giovanni im Zimmer und hatte einen dermaßen heftigen Blick drauf das ich erschrocken zurückwich. Er presste die Zähne zusammen und zischte wütend in meine Richtung wie ich ihn nur so dermaßen hätte bloßstellen können.

Salvatore wäre ein angesehner Mann in der Familie und man solle doch froh sein, wenn er einem seine Gunst gewährte. Ich hätte mich verhalten wie eine frigide deutsche Hausfrau, er hätte sich regelrecht geschämt wegen mir. Ich sag dir, ich dachte ernsthaft der Typ hat nicht alle Latten am Zaun, so hat der mich da runterlaufen lassen. Ich solle mich gefälligst nicht so verklemmt anstellen. Dann kam er auf mich zu und riss mir das Handtuch runter. Er sah mich so unglaublich spöttisch an das ich automatisch versuchte, meine mir wichtigsten Stellen mit den Händen zu bedecken. Da lachte er höhnisch und meinte „sei doch froh wenn ein Mann wie Salvatore di Luca dich heiß findet, dann tun es andere Männer auch. Und das wird bestimmt bald nicht zu deinem Nachteil sein. Ich kann dir ja schon mal zeigen was ich meine…..!"

Lena wurde knallrot, man sah ihr an das sie am liebsten vor Scham in den Erdboden versunken wäre. Ronja schnappte vor lauter Empörung nach Luft und wurde auch rot. Aber vor lauter Zorn. „Lena, das ist nicht wahr, oder?? Das hat diese Schwein nicht wirklich getan?!" Sie nahm Lenas Hand ganz fest in ihre und wusste nicht wirklich was sie sagen sollte. Lena wischte sich energisch über die Augen. „Warte, lass mich zuerst zu Ende erzählen. Wir sind am nächsten Tag nach Hause gefahren. Ich war völlig neben der Spur und wusste nicht wirklich, wie ich mit alle dem umgehen sollte. Dich wollte ich nicht nerven, außerdem habe ich mich ziemlich geschämt, weil du ja eigentlich von vorne herein recht gehabt hast. Giovanni hat sich auf der Fahrt mal wieder wortreich und mit den süßesten Worten entschuldigt für sein Verhalten am Vorabend in unserem Schlafzimmer. Und ich oberdoofe Nuss habe ihm seine ganzen gesäuselten Entschuldigungen geglaubt und verziehen. Nachdem wir wieder daheim waren hat er dann gefragt, ob er mal bei mir vorbeikommen dürfe. Daraus entstand ja dann diese „Hauruck" Renovierungsaktion. Binnen zwei Wochen hatte ich, mit Hilfe von Mamas neuem Freund und zwei Angestellten aus dessen Firma insgesamt vier Räume völlig auf den Kopf gestellt und mit neuen Möbeln versorgt. Und war gleichzeitig somit mein gesamtes Erspartes los. Dann lud ich Giovanni ganz stolz das erste Mal zu mir nach Hause ein. Er war, sagen wir mal, zufrieden, man merkte ihm aber doch eine gewisse Distanz an. Ich war total verwirrt, immerhin hatte ich mir ja voll die Mühe gegeben. Ich hatte mich aufgebrezelt wie ein Zirkuspferd, das wiederum fand er wohl richtig gut. Dann zog er mich auf die Couch und begann an mir rum zu fummeln. Ich bekam ein ungutes Gefühl und schob seine Hand weg. Da wurde er wieder wütend und packte ich am Handgelenk. „Stupida Mucca" brüllte er mich

an. Heute weiß ich dass das „dumme Kuh"
heißt. Dann schrie er weiter „du scheinst
überhaupt nichts zu kapieren. Glaubst du
wirklich, ich wollte mit dir mein Leben und
meine Zukunft verbringen? Hast du dich
schon mal angeguckt? Du bist ein echt heißes
Stück aber sonst zu nicht viel mehr zu
gebrauchen. Du willst wissen, mit was ich
mein Geld verdiene du naives dummes Ding?
Ich besorge Salvatore neue Pferde für seinen
Stall, wenn du verstehst was ich meine. Und
DU bist der Typ Frau, auf den die Männer
abfahren. Nicht so dünn, du weißt wie du dich
bewegen musst und wie du auf Männer
wirkst. Und du bist der Hammer im Bett.
Salvatore war sehr angetan von dir. Und für
jede Neue, die ich ihm bringe bekomme ICH
eine schöne Stange Geld. Oder was glaubst
du, wo die ganzen Frauen herkommen die mit
uns in der Schweiz waren? Von denen hat sich
keine so angestellt, im Gegenteil. Die waren
stolz darauf das ich mit ihnen im Bett war." Er
ließ mich los und lachte höhnisch. Ich muss
ihn wohl unglaublich fassungslos angestarrt
haben. „Du kannst mich mal du mieser Idiot.
Du hast ja wohl dein gesamtes Hirn verkifft
wenn du glaubst, ich mache bei euren miesen
Machenschaften mit. Ich bin doch keine
Nutte!" Ich hatte mit einem Mal eine

wahnsinnige Wut in mir. Da stand er auf, zerrte mich von der Couch, haute mir eine runter und hielt mich an den Oberarmen fest. Dann begann er mir zu drohen „du wirst genau DAS tun was wir dir sagen, ansonsten hast du bald ein ganz großes Problem. DU wirst mir nicht das Geschäft versauen, immerhin hat Salvatore schon einen Großteil der vereinbarten Summe für dich bezahlt." In dem Moment kam meine Mutter mit ihrem neuen Freund zur Tür rein. Zu meinem Glück! Giovanni ließ mich los, zischte mir noch mal leise zu „ich weiß wo ich dich finde" dann rannte er an meiner Mutter vorbei und zur Tür raus. Seitdem bin ich wie gestört. Überall fühle ich mich beobachtet, nachts klingelt mein Telefon, ein paarmal stand er schon mit seinem Auto auf der anderen Straßenseite und hat unser Haus beobachtet. Kurz und gut...ich habe eine Scheißangst!!"

Ronja war unglaublich bestürzt und fand minutenlang überhaupt keine Worte. Die beiden Mädchen saßen sich schweigend gegenüber, jede hing ihren Gedanken nach. Dann erwachte in Ronja der Kampfgeist. Sie straffte die Schultern und fragte Lena „weiß deine Mutter eigentlich von dem Ganzen?" Lena hatte die Augen geschlossen und den Kopf in die Hände gelegt. „Jetzt nicht bis ins kleinste Detail, aber so im Groben habe ich es ihr erzählt. Sie war zwar schockiert, aber dann doch eher der Meinung ich wäre da ja dann doch eher selbst dran schuld.

Eine große Hilfe ist die mir also nicht. Ach Ronja, was soll ich bloss tun?" Lena ließ den Kopf auf die Tischplatte fallen und weinte hemmungslos. Ronja sprang auf und nahm sie fest in den Arm. Da war es wieder, dieses warme Gefühl einer tiefen, langen Freundschaft. Und sie wusste: Jetzt brauchte Lena sie, beide mussten sich überlegen wie man diesem Giovanni das schmutzige Handwerk legen könnte.

Lena schniefte noch zweimal dann lächelte sie zaghaft. „Na toll, jetzt habe ich dir zwei Stunden lang die Ohren voll geheult. Es tut mir so leid. Dabei würde ich so gerne wissen wie es dir geht und was es bei dir so Neues gibt." Ronja machte „pff" und sagte dann „hör auf zu spinnen, du hast mir überhaupt nicht die Ohren voll geheult. Wir beide werden diesem Drecksack schon die Hammelbeine langziehen, verlass dich drauf!" Ronja lehnte sich zurück und betrachtete Lena mit einer Mischung aus unglaublichem Mitleid und tiefer Freundschaft. Sie wusste das Lena sie nun brauchte, alles was vor ein paar Wochen passiert ist wurde somit völlig egal. Liebe macht nun mal blind, das hatte sie ja vor kurzem erst am eigenen Leib erfahren müssen.

„Noni…. Ich will das du weißt dass mir das alles unglaublich leid tut. Ich hätte definitiv auf dich hören sollen." Lena zog geräuschvoll die Nase hoch und schaute Ronja bekümmert an. „Ach was, du hörst jetzt auf dich zu entschuldigen und hörst mir lieber zu, ich habe nämlich auch ein bisschen was zu berichten. Wenn auch Gott sei Dank bei Weitem nicht so furchtbar wie bei dir."
Ronja und Lena saßen noch mehr als eine Stunde in Lenas Küche. Lena hatte bei Ronjas Erzählungen zwischendurch immer mal wieder ungläubig mit dem Kopf geschüttelt. „Sag mal, kaum sehen wir uns mal ein paar Wochen nicht stellst du dein ganzes Leben auf den Kopf. So richtig allein lassen kann man dich wohl nicht, was?" Lena zwinkerte Ronja zu. Die konnte sich ein „das sagt gerade die Richtige" unter großem Gelächter nicht verkneifen. Dann klingelte ihr Handy. Oje, ihre Mutter. Ronja hatte völlig vergessen auf die Uhr zu sehen und Mathilda machte sich bestimmt Sorgen. „Hallo Mama" meldete sie sich mit einem kleinen Anflug von schlechtem Gewissen. „Alles gut bei dir? Ich habe mir nur Sorgen gemacht weil dein Auto hier steht, du

aber nirgends zu sehen warst." Ronja musste lächeln, ihre Mutter hatte wie immer alles im Blick. „Ja, alles gut, ich bin bei Lena. Brauchst du mich für irgendwas?" Sie sah auf ihre Uhr. Mittlerweile war es schon fast halb vier. Sie und Lena hatten komplett die Zeit vergessen. „Das ist aber schön", man hörte direkt wie Mathilda am anderen Ende der Leitung strahlte, „lass dir Zeit Kind. Und sag Lena ganz liebe Grüße von mir." Dann legte sie auf. „Ich soll dich ganz lieb von Mama grüßen." Ronja grinste. Lenas Mutter Katrin war so ganz anders als Mathilda, sie war aber auch noch ein ganzes Stück jünger. Katrin war eher flippig und sehr unstet, vor allem was Männer betraf. Ronja wusste, das Lena insgeheim Mathildas fürsorgliche und liebevoll Art sehr genoss und Ronja manchmal sogar ein wenig darum beneidete. Wenn Lena bei Ronja daheim war fühlte sie sich immer, als wäre sie eine weitere Tochter. Ronjas Eltern waren herzlich und warm und gaben ihr das Gefühl, immer willkommen zu sein.

„Worüber denkst du nach?" Lena sah Ronja fragend an. „Ich versuche, uns einen Schlachtplan zurecht zu zimmern. Wir brauchen, glaube ich etwas mehr Hilfe, um diesem Giovanni das Handwerk zu legen. Ich werde mal mit Finja reden, wenn das für dich okay ist. Doro hat wohl gute Connections zu der Polizei, weil ihr Vater dort mal Polizeirat war oder sowas. Du machst am besten zunächst mal gar nichts. Wenn der dich weiterhin belästigt kommst du einfach zu uns. Und mach bloss keinem die Tür auf wenn du alleine daheim bist, verstanden? Ruf am besten gleich die Polizei wenn der an der Haustür klingelt." Lena stand auf und drückte Ronja ganz fest an sich. „Oh Gott, danke dass du wieder da bist. Du und dein Pragmatismus, ihr habt mir echt gefehlt. Und das du dir Sorgen um mich machst rührt mich gerade total." Ronja winkte ab. „Quatsch, du bist doch meine Beste. Weißt du was, wir schreiben Finja gleich mal an. Ich finde, wir sollten keine Zeit vergeuden." Beide Mädchen beugten sich über Ronjas Handy und überlegten, wie sie Finja in kurzen, knackigen Sätzen Lenas gesamtes Drama schildern konnten.

Ronja warf das fünfte Oberteil aufs Bett und riss ein anderes aus dem Schrank. „MAAAAMAAA, kannst du mir vielleicht mal kurz helfen?" Sie schrie so laut das Mathilda geschworen hätte, das Greta vom Haus gegenüber gleich kommen würde und fragen, was los sei. Dabei wusste Mathilda einen Stock tiefer auch so schon, warum Ronja so verzweifelt nach Hilfe schrie. In gut einer Stunde hatte sie ihr Vorstellungsgespräch bei Frau Winkler in der Konditorei und war dementsprechend gerade ein einziges Nervenbündel. Mathilda ging die Treppen nach oben und lugte vorsichtig in Ronjas Zimmer. Das dort entstandene Kleiderchaos war zu erwarten gewesen. Ronja stand mittendrin, in Unterwäsche, mit hochroten Backen, glänzenden Augen und einer Frisur, als hätte sie aus Versehen mit nassen Fingern in die Steckdose gegriffen. Sie hielt völlig planlos eine Hose und ein Oberteil in der Hand, mit denen sie wie wild durch die Gegend winkte. Mathilda musste fast schon widerwillig lachen. „Meine Güte Kind, was treibst du denn?" Sie kannte ihre Jüngste. Ronja war in solchen Situationen unglaublich schnell aus der Fassung zu bringen, dann brauchte sie jemanden der sie wieder erdete und ihr ein wenig auf die Sprünge half.

„Komm mal her, setz dich mal." Mathilda führte ihre Tochter sanft zu deren Schreibtischstuhl und ließ sie sich hinsetzen. Dann warf sie einen Blick in den mittlerweile völlig chaotischen Inhalt des Kleiderschrankes und auf den Kleiderberg auf dem Bett. Sie seufzte leise und versuchte, nicht allzu auffällig den Kopf zu schütteln. „Warum probierst du nicht mal diese Hose und dazu das dunkelblau gestreifte Oberteil?" Sie hielt Ronja beides unter die Nase. Die zog die Augenbrauen zusammen. „Mama, ernsthaft? Ich bewerbe mich nicht als Matrose auf einem Kreuzfahrtschiff sondern möchte Konditorin werden. Ich brauche was Seriöses, was aber auch nicht altbacken oder langweilig wirkt. Etwas, was einer zukünftigen Konditorin würdig ist." Mathilda überlegte kurz. „Warte mal…." Sie flitzte runter in die Küche, kam drei Minuten später wieder und drückte Ronja etwas in die Hand. Die faltete den Stofflappen auseinander und sah ihre Mutter dann völlig entgeistert an. „DEIN ERNST JETZT?" Ronja war fassungslos. Ihre Mutter hatte ihr wortlos ihre Küchenschürze überreicht und lies sich nun vor lauter Lachen aufs Bett fallen. „Wieso habe ich gerade das Gefühl das du mich nicht Ernst nimmst?" Mathilda wischte sich die Tränen aus den Augenwinkeln und stand dann entschlossen auf. „Weil DU dich gerade viel zu Ernst nimmst. Zieh doch etwas an womit du dich am wohlsten fühlst. Eine schöne Jeans und eines deiner schönen, farbigen Oberteile...sie darf doch ruhig sehen das in dir ein kreativer Mensch steckt. Und Kreativität brauchst du beim Tortenbacken doch auch." Ronja wiegte den Kopf hin und her und überlegte. Ihre Mutter hatte recht. Sie nahm eine schlichte Jeans aus dem Stapel mit den Hosen und schnappte sich ein weinrotes, langärmliges Oberteil mit rosa und weißen Kirschblüten auf der Vorder- und Rückseite. „Kannst du mir vielleicht die Haare flechten? Irgendwie habe ich heute dafür zwei linke Hände." Sie setzte sich wieder an ihren Schreibtisch und ließ ihre Mutter mit Bürste und Haargummi ans Werk. Als sie fertig war betrachtete sie sich zufrieden im bodentiefen Spiegel. Ja, so konnte man sich vorstellen gehen. Sie hatte sich die letzten Tage über sehr gut vorbereitet (immer dann, wenn sie gedanklich nicht gerade dabei war diesem Giovanni alles Mögliche anzutun, was mit Sicherheit unter das Strafgesetz gefallen wäre.) Sie war nun also theoretisch bestens über den Beruf der Konditorin informiert und hatte dabei festgestellt, das selbst die Theorie genau ihr Ding war. Am liebsten hätte sie sofort losgelegt. Ihre Mutter beobachtete sie. „Weißt du was? Du hast noch mindestens eine halbe Stunde Zeit. Komm mit runter, ich habe gerade Kaffee aufgesetzt, eine Tasse wird dir gut tun und du kommst vielleicht noch ein bisschen runter. Du bist ja fast nervöser als ich vor meiner Hochzeit." Mathilda ging schon mal vor ins Erdgeschoss und Ronja packte sich noch ihr kleines Notizbuch und ihr Handy in die Tasche. Sie hatte vorhin nochmal schnell mit Lena telefoniert und gefragt, ob alles in Ordnung sei. Ihre Freundin hatte das bejaht und ihr gleichzeitig viel Glück gewünscht. Dann folgte Ronja ihrer Mutter in die Küche und nahm den Becher mit dem dampfenden Kaffee und dem Schuss Milch entgegen. Genauso wie sie ihn gerne trank. Außerdem schob Mathilda ihr einen Schokoriegel hin. „Iss, Schokolade ist gut für die Nerven." Ronja musste schmunzeln. Ihre Mutter tat wirklich alles dafür das sie unaufgeregt und entspannt in dieses Vorstellungsgespräch ging. So richtig aufgeregt fühlte sich Ronja eigentlich auch gar nicht. Sie war eher sehr freudig gespannt und konnte es kaum noch abwarten. Eine Viertelstunde und eine leere Kaffeetasse später machte sie sich auf den Weg. Sie hatte nur fünf Minuten mit dem Auto zu fahren,

wollte aber nicht auf den letzten Drücker erscheinen. Sie parkte vor der Konditorei, stieg aus und richtete nochmal ihre Kleidung. Von einem der Fenster aus winkte ihr eine freundlich aussehende Frau entgegen. Ronja bekam Herzklopfen. Hoffentlich war das diese Frau Winkler, die Chefin der Backstube. Die Tür ging auf und eine schmale Frau mittleren Alters kam auf Ronja zu. Sie hatte ihre halblangen, dunkelbraunen Haare zu einem lockeren Dutt auf dem Kopf zusammengefasst, eine Jeans an und über ihrem schlichten weißen T-Shirt trug sie eine altmodische Schürze. Ronja konnte sich ein breites Lächeln nicht verkneifen. Diese Frau wirkte auf den ersten Blick so unglaublich sympathisch, dass man automatisch in ihrer Gegenwart völlig ruhig und entspannt wurde. Sie wischte sich die Hände an der Schürze ab und streckte sie Ronja entgegen. „Hallo, Sie müssen Frau Blomen sein. Herzlich willkommen in „Gittis süße Schmiede!"
Ich bin die Namensgeberin meiner Konditorei, mein Name ist Gitti Winkler. Ich führe Sie am besten einfach mal ein wenig rum und zeige Ihnen meinen kleinen Betrieb." Frau Winkler öffnete eine weiße Metalltür und ließ Ronja eintreten. Drinnen drückte sie ihr eine Art Haarnetz in die Hand. „Würden Sie sich das

bitte über die Haare ziehen? Und nach Möglichkeit auch nichts groß anfassen. Meine Mädels sind noch mitten im Betrieb, das heißt sie sind alle noch fleißig am backen. Und da wir mit Lebensmitteln arbeiten halten wir uns streng an die Hygienevorschriften." Das sah Ronja absolut ein und fummelte sich das dünne weiße Haarnetz über den geflochtenen Zopf. Dann folgte sie Fr. Winkler in die Backstube. Ronja war sofort begeistert. Der Raum war verhältnismäßig groß, auf den ersten Blick konnte sie gar nicht erfassen was alles drin stand. Sie sah zwei junge Frauen und eine Ältere. Die beiden jüngeren verzierten gerade eine dreistöckige Torte, die eine machte Röschen mit Hilfe eines Spritzbeutels und die andere platzierte kleine Marzipan Figuren auf der oberen Torte. Als Ronja genauer hinsah erkannte sie ein Brautpaar. „Sophie macht bei uns die schönsten Marzipanfiguren. Das ist übrigens auch ein Teil der Ausbildung. Und Emilie hier ist jetzt seit einem Jahr dabei, sie arbeitet am liebsten mit Buttercreme." Fr. Winkler lachte. „Hier drüben am Backofen steht unsere gute Seele. Das ist Paula. Sie macht bei uns die Grundteige für die Torten und Kuchen, schält das Obst und kümmert sich um die Bestände. Nachts arbeitet noch mein Sohn Thomas, der hat sich aber jetzt hingelegt. Wir sind also ein sechsköpfiges Team, inklusive mir und meinem Mann Horst. Ich kümmere mich aber mehr um den Vertrieb, den Onlineshop, die Bestellung der Waren und um die Auftragseingänge. Ich bin zwar auch gelernte Konditorin, mich findet man aber nur im Notfall in der Backstube." Sie ging weiter, aus der Backstube raus und zu der Tür gegenüber. „Das ist unser Lager, hier werden alle „trockenen" Zutaten wie Mehl, Zucker, gemahlene Nüsse, Backpulver und verschiedene Gewürze gelagert. Gleich nebenan ist die Kühlkammer für Butter, Eier, Obst, Hefe… also alles was kühl gehalten werden muss. Und wir gehen jetzt in mein Büro, dort findet man eher das organisierte Chaos." Sie lachte herzlich und ging vor in den nächsten Stock. Sie bat Ronja in ein kleines Zimmer das vollgestopft war mit Ordnern, Ablagefächern und Büromaterial. Vom Schreibtisch selbst sah man nicht viel, überall lagen Papiere und Kassenbelege, in der Mitte stand ein Laptop. Auf einem kleinen Tisch daneben gab es eine Kaffeemaschine und ein paar Tassen, gegenüber vom Schreibtisch stand ein Stuhl. Frau Winkler räumte die zwei Ordner weg, die darauf lagen und deutete Ronja an Platz zu nehmen.

„Bitte entschuldigen Sie das Chaos. Wir sind gerade in einer Art Umstrukturierung und ich muss die Buchhaltung auf den neuesten Stand bringen. Und dafür bin ich definitiv nicht wirklich geschaffen. Im Normalfall macht das auch mein Mann, aber der befindet sich gerade auf einer Konditoren-Messe in Lyon in Frankreich. Also eigentlich ist das mehr eine „Schokoladenmesse", wir wollen eventuell in die Richtung expandieren. Eigentlich sieht es hier normalerweise nicht ganz so aus als wäre eine Bombe explodiert." Sie nahm Platz und sah Ronja neugierig an. Die war augenblicklich total nervös und unsicher. „Also, wenn es Ihnen nichts ausmacht würden wir uns duzen. Das machen wir hier alle. Ich bin Gitti." Sie reichte der völlig erstaunten Ronja die Hand. „Ok, gerne, ich bin Ronja." Dann lehnte sich Gitti zurück und begann Fragen zu stellen. Wie Ronja darauf gekommen sei Konditorin werden zu wollen, ob sie schon mal irgendwo Erfahrungen gesammelt hätte und was sie sich im Allgemeinen unter dem Berufsbild vorstellte. Ronja war froh, dass sie sich im Vorfeld schon so viele Gedanken gemacht und recherchiert hatte. So war sie auf die Fragen gut vorbereitet und konnte gut überlegte und sinnvolle Antworten geben. Gitti war offensichtlich ziemlich beeindruckt. „Wann hast du denn gemerkt das das mit der Kinderkrankenschwester doch nichts für dich ist?" Ronja überlegte, das war eine gute Frage. „Hm, ich glaube das war in dem Moment als ich das Gefühl hatte, nichts wirklich richtig machen zu können. Mit den Kindern hatte ich gerne zu tun, den Rest fand ich von Tag zu Tag immer mehr anstrengend und auch nervig." Ronja sah fast ein wenig schuldbewusst aus, sie wollte nicht den Eindruck erwecken das sie bei den ersten Schwierigkeiten gleich hinschmiss. Aber Gitti lächelte. „Ich glaube, das mit dir könnte was werden. Ich habe auf alle Fälle ein ziemlich gutes Gefühl." Ronja fing innerlich an zu beben, sollte das heißen…? „Also, wenn du willst kann ich dir ab August einen Ausbildungsplatz in unserer Konditorei anbieten."

Jetzt konnte Ronja ihre Freude wirklich nicht mehr verbergen. Sie strahlte „Au Mann, Wahnsinn, echt?? Das wäre ja fantastisch! Gott, ich kann's ja gar nicht glauben." Und wieder musste Gitti laut lachen. Diese junge, herzliche Frau gefiel ihr ausnehmend gut. Wenn sie tatsächlich so viel Arbeitseifer und Lebensfreude mitbrachte wie sie jetzt an den Tag legte, dann würde sie ihr Team absolut bereichern und für ein angenehmes Klima sorgen. „Ich werde dir ein bisschen über den Ablauf und die Thematik der Ausbildung erzählen, wenn du magst." Ronja holte sich ihren Block und einen Stift aus der Tasche und nahm eine aufmerksame Körperhaltung ein. Gitti war wirklich zufrieden, Ronja machte auf sie einen richtig guten Eindruck.

„Also, die Ausbildung dauert im Allgemeinen drei Jahre, wenn du richtig gut bist in dem was du tust, also vor allem in der Berufsschule, kannst du auch auf zweieinhalb Jahre verkürzen. Im ersten Jahr lernt ihr zunächst mal wie es in einer Konditorei zugeht, das betrifft vor allem die Zeit NACH dem Backen. Heißt, ihr lernt die einzuhaltenden Hygienemaßnahmen, Aufräumen, sauber machen, Ordnung halten. Dann kommt die Warenkunde dazu, sprich die verschiedenen Mehlsorten, Fette, Aufbau der Lebensmittel, Nährstoffe, Kalorien, Zusatzstoffe und so weiter. Außerdem lernt ihr im ersten Lehrjahr die Herstellung von Teigen. Also zum Beispiel Hefeteige, Rührteige, Mürbeteige, Bisquits....eben Grundteige, unter anderem für Torten, Kuchen und Obstböden. Außerdem lernt ihr die Herstellung von Croissants und süßen Teilchen. Im zweiten Lehrjahr kommt das Ausgarnieren von Torten dran, das ist eine

Kunst für sich. Im dritten kommt dann die Kür, Marzipanfiguren, Eis, Schokolade, Pralinen…. Wie du siehst ein breites Feld an süßen Köstlichkeiten. Natürlich darf da auch der theoretische Teil nicht fehlen. Der ist zugegebenermaßen, im Gegensatz zur Praxis, total trocken. Ihr habt Fachrechnen, Gemeinschaftskunde, Wirtschaftskunde, natürlich Warenkunde, Deutsch und Religion. Der Unterricht findet blockweise statt, wann immer du keine Schule hast bist du hier im Betrieb. Wir stellen für unsere Auszubildenden immer einen Antrag bei der Handwerkskammer das ihr in Mannheim zur Schule gehen könnt. Ansonsten wäre die zuständige Berufsschule in Frankfurt, das wollen wir euch aber nicht zumuten. Du bekommst im ersten Jahr 470€, im zweiten 550€ und im dritten 640€. Ich weiß, das ist nicht die Welt. Aber du hast den Vorteil das du hier im Ort wohnst und da schon mal keine großen Benzinkosten hast. Sophie kommt aus Fürth und Emilie aus Mörlenbach. Emilie kommt jeden morgen mit dem Bus. Paula, unsere Älteste, kommt aus Schönmattenwag. Wir sind also eine sehr regionale Konditorei, sogar was die Mitarbeiter betrifft." Ronja musste lachen, sie fand Gitti jetzt schon toll. Und alles was sie bisher gehört hatte klang fantastisch. Sie war ihrem Traum also ziemlich nah, dieses Mal würde es genau das Richtige für sie sein, das spürte sie. Dann legte Gitti aber noch einen drauf. „Bis August ist es ja jetzt noch ne ganze Weile hin. Hättest du vielleicht vorher schon mal Lust, ein bisschen hier mit rein zu schnuppern und ein paar Erfahrungen zu sammeln? Ok, JETZT war Ronja wirklich völlig sprachlos und von den Socken. „Wirklich?? Das wäre ja spitze. Wann darf ich anfangen? Morgen?" Gitti schmunzelte. „Arbeitswütige soll man ja bekanntlich nicht aufhalten oder wie war das? Nun denn, dann bist du morgen früh um sieben für eine erste „Schnupperrunde" da. Einen Kittel bekommst du von uns, Wasser zum Trinken hätten wir auch. Wenns dir gefällt können wir vielleicht darüber reden, ob du bis zum Beginn deiner Ausbildung dein offizielles Praktikum hier machen kannst. So, ich muss jetzt unser Lieferauto packen, das ist nämlich auch eine meiner Aufgaben. Und manchmal fahre ich auch selbst aus. Wir beliefern unter anderem Privatleute, aber auch Firmen und natürlich Events. Das bekommst du aber noch alles ein bisschen gründlicher mit, wenn du hier angefangen hast." Gitti erhob sich und Ronja stand fast zeitgleich auf. Sie hatte seit dem „du kannst deine Ausbildung hier machen" das Strahlen nicht mehr aus dem Gesicht bekommen. Gitti ging noch mit ihr zu ihrem Auto und schüttelte Ronja dann die Hand. „Also dann Fräulein Blomen", sie zwinkerte, „wir sehen uns morgen früh. Ich freue mich." Ronja stieg ins Auto. „Na und ich mich erst!" Dann winkte sie und fuhr vom Hof. Sie war noch nicht wieder auf der Hauptstraße als sie im Auto tief Luft holte und ganz laut „JUUUCHUU!" schrie.

„Hast du bei deiner ganzen Euphorie nicht etwas überaus Wichtiges vergessen?" Georg lag auf der Couch. Er und Mathilda hatten die letzte Dreiviertel Stunde Ronjas wortreichen Erzählungen gelauscht. Jetzt holte sie gerade mal Luft und Georg nutzte die Zeit für seinen, wie er fand berechtigten, Einwurf. Seine Frau und seine Tochter sahen ihn fragend an. „Nun ja, was passiert denn jetzt mit Heidelberg? Kommst du da so einfach raus?" Ronja wurde binnen Sekunden käseweiß. Dann sah sie ihre Mutter hilfesuchend an. Die hob abwehrend die Hände. „Na super, das fällt dir ja früh ein."

Ronja sah ihren Vater fast vorwurfsvoll an. Georg blies die Backen auf. „Na hör mal, eigentlich hätte mir das gar nicht einfallen brauchen, ich dachte, das hättest du schon längst geklärt." Ronja malte leicht genervt mit dem Finger Kreise auf die Tischdecke. „Ne, hab ich nicht. Ich habe es mehr oder weniger total verdrängt. Ich geh jetzt mein Handy holen und gucke, ob ich Frau Fink erreichen kann. Die wollte das eigentlich mit der Schule und der Pflegedienstleitung klären." Sie machte sich auf der Suche nach ihrer Tasche, Mathilda sah ihren Mann wortlos an. Dem sah man seine Schmerzen fast täglich mehr an, es wurde Zeit, das es der 15. Februar wurde. Seit beide wussten, dass Georg um eine Operation nicht herumkommen würde und sich damit gedanklich abgefunden hatten, konnte es ihnen fast nicht schnell genug gehen. Ronja kam zurück, mit dem Handy in der Hand. Sie hatte im Hof eine Zigarette geraucht und gleichzeitig mit ihrer ehemaligen Lehrerin der Akademie für Pflegeberufe, Frau Edith Fink, telefoniert. Als sie jetzt zurück ins Wohnzimmer kam machte sie einen äußerst zufriedenen Eindruck. „So, das wäre auch geklärt. Ich werde Frau Fink diese Woche noch meine Kündigung vorbeibringen, das mache ich persönlich. Dann werde ich mich bis zum Ende der Zeit freistellen lassen, die Schule und auch die Klinik sind damit einverstanden. Leider war das alles jetzt etwas zu spät, sonst wäre es noch in die Probezeit gefallen und dann wäre es noch unkomplizierter gewesen. Aber sie hat mir ja damals schon gesagt, dass sie mir da keine Steine in den Weg legen werden." Ronja sah man ihre Freude deutlich an. „Ich würde gerne noch kurz zu Lena gehen, ist das okay? Oder braucht ihr mich?" Es war später Vormittag, Mathilda hatte morgens schon vorgekocht, es sollte schlicht und ergreifend Linsensuppe und Würstchen geben. Von Schnee war weit und breit keine Spur mehr und eingekauft für die nächsten drei Tage hatte sie auch schon. „Nein, geh ruhig. Ich hoffe, bei Lena gibt es bald etwas Neues und man kann diesem Mistkerl das Handwerk legen." Mathilda schüttelte den Kopf bei dem Gedanken daran was Ronja ihr von Lena berichtet hatte. Sie und Georg machten sich natürlich jetzt die allergrößten Sorgen, schließlich bewegte sich Ronja damit in Kreisen, die beiden überhaupt nicht geheuer war. Ronja versprach aufzupassen. „Wenn ich nichts erledigen muss werde ich laufen. Ich bin wahrscheinlich am späten Nachmittag zurück. Bis später." Georg rief ihr nach.

„Spätzchen?" Ronja streckte den Kopf nochmal zur Tür rein, mit dem einen Arm schon im Jackenärmel. „Hm?" Georg lächelte sie an. „Wir sind ganz arg stolz auf dich und drücken die Daumen das du dich dieses Mal wirklich wohl fühlst und dass dieser Beruf das Richtige für dich ist." Er warf ihr eine Kusshand zu und Ronja freute sich wie ein kleines Kind. Ihre Mutter nickte lächelnd. „Stimmt, dein Vater hat recht. Wir freuen uns sehr das das geklappt hat." Ronja drückte ihre Mutter nochmal schnell und machte sich dann auf den Weg zu Lena.

„Das ist doch jetzt nicht dein Ernst, oder?" Ronja stemmte empört die Hände in die Hüften und wurde rot vor Zorn. „Wann war das?" Lena schaute verstohlen zum Fenster raus und sah Ronja dann hilflos an. „Vor knapp einer halben Stunde. Ich kam gerade aus dem Bad, da hat's wie blöd vorne an der Haustür gehämmert und irgend so ein schmieriger Typ im Anzug hat durchs Küchenfenster gestarrt. Ich habe mich versteckt und ihn beobachtet und als er weder was gesehen noch gehört hat ist er zurück ans Auto und hat telefoniert. Dabei hat er wie wild gestikuliert. Dann ist er mit quietschenden Reifen weggefahren und seitdem traue ich mich nicht mal mehr, tief Luft zu holen." Ronja sah Lena besorgt an. „Wieso in aller drei Teufels Namen rufst du mich denn nicht an? Stell dir vor, der hätte die Tür aufgebrochen oder so." Die beiden Mädchen sahen sich erschrocken an. „Ich wollte dich doch nicht stören, ich wusste doch nicht, wie lange dein Vorstellungsgespräch dauert." Ronja überlegte fieberhaft. So konnte das ja wirklich nicht weitergehen. „Wir gehen jetzt zur Polizei. Ich habe keine Lust, meine Freundin mit einem Betonklotz an den Füßen als Fischfutter aus dem Neckar zu angeln. Vielleicht fällt denen ja was Brauchbares ein." Ronja holte entschlossen Lenas Jacke vom Haken im Flur und warf sie ihr hin. Die war mehr als skeptisch. „Ronja ich weiß nicht... nicht das wir da in ein Wespennest stechen und alles noch schlimmer machen." Gut, diesen Gedanken hatte Ronja zwar auch, aber das hier war entschieden eine Nummer zu groß für zwei einfache Dorfmädchen wie sie. Wobei dieser Giovanni ja bisher von Ronjas Existenz im Normalfall noch gar nichts wusste. Beide zogen sich ihre Jacken über und liefen zur Polizei. Als sie dem diensthabenden Beamten Lenas Geschichte geschildert hatten zuckte dieser nur ratlos mit den Schultern. „Wir sind da gerade etwas machtlos fürchte ich. Dieser Herr Marino ist in Mannheim gemeldet, fällt also rein polizeitechnisch schon mal nicht in unseren Zuständigkeitsbereich. Wir können gerne eine Meldung an die Kollegen machen, ich befürchte nur, da wird nicht allzu viel dabei rumkommen. So absurd das jetzt auch klingen mag: solange er Ihnen nicht wirklich etwas getan hat sind uns da völlig die Hände gebunden. Drohungen alleine reichen nun mal nicht aus für eine Verhaftung." Er wand sich auf seinem Stuhl, die beiden Mädchen taten ihm leid. Zu gerne hätte er ihnen geholfen. Er hatte selbst eine Tochter in dem Alter und durfte gar nicht daran denken was wäre, wenn sie in so einer Situation wäre. Wahrscheinlich hätte die Welt dann während einer Nacht-und-Nebelaktion einen kleinen Italiener weniger. Aber er war sehr weit entfernt davon, Lena zur Selbstjustiz zu raten. Im Gegenteil. „Haben Sie denn niemanden, der mit diesem Giovanni mal ein „ernstes Wörtchen" reden könnte? Vorzugsweise männlich?" Er setzte das ernstes Wörtchen in Luft-Gänsefüßchen und hätte am liebsten dabei gezwinkert. Ronja war sowieso schon auf 180 und kurz vorm explodieren, während Lena auf ihrem Stuhl immer kleiner wurde.

„Sie meinen, ob meine Freundin nicht irgendjemand hat, der diesem Spinner mal ein paar aufs Maul haut? Möchten SIE das nicht vielleicht übernehmen, wenn sie schon so hilfreiche Tipps geben?" Ihre Augen funkelten vor Zorn und Lena legte ihre Hand beschwichtigend auf Ronjas Unterarm.

„Lass doch, der Herr Kommissar macht doch auch nur seinen Job." Es klang zynischer als beabsichtigt. Sie wandte sich ihm zu. „Wenn ich das richtig verstehe dann muss mir Giovanni erst die gesamte „Cosa Nostra" auf den Hals gehetzt haben bevor Sie anfangen zu handeln. Zu was raten Sie uns also?" Lena und auch Ronja sahen den Beamten herausfordernd an. Der begann zu schwitzen.

„Ich rate Ihnen, sich entweder noch mal vernünftig mit diesem Giovanni Marino auseinander zu setzen oder die zuständige Polizeistation in Mannheim zu kontaktieren. Vielleicht ist er ja dort auch sogar schon bekannt und man ist froh über ein paar Hinweise." Ronja und Lena sahen ein, dass sie hier gerade überhaupt nicht weiterkamen. Beide erhoben sich."Nun ja, danke für Ihre Hilfe wäre jetzt zu viel gesagt, aber vielleicht probieren wir es wirklich mal in Mannheim. Eventuell gibt es dort Beamte, die den Ernst der Lage verstehen. Einen schönen Tag noch."

Ronja zog Lena hinter sich her ins Freie. Dort holte sie tief Luft. „Meine Herren, was ein Ignorant. Wie kann man nur so wenig hilfreich sein? Der glaubt doch nicht allen Ernstes, dass wir darauf warten bis dir dieser Giovanni an die Gurgel gegangen ist! Ich könnte gerade echt platzen!"

Ronja war kaum noch zu bändigen und machte ihrem Ärger im Laufen lautstark Luft. Lena lief neben ihr her und wirkte total erschöpft. Sie schlug die Hände vors Gesicht. „Mensch Ronja, was habe ich mir da bloß eingebrockt?? Was machen wir denn jetzt?"

Ronja war leicht bestürzt über Lenas Hilflosigkeit. Immerhin waren sie sich beide eigentlich ziemlich ebenbürtig was das Thema „große Klappe" anging. Sie hakte sie unter und meinte dann: „Jetzt gehen wir zu dir und packen ein paar Klamotten zusammen. Dann kommst du erst mal mit zu uns. Meine Eltern haben mit Sicherheit nichts dagegen. Und dann kann ich dir auch in aller Ruhe von meinem neuen Arbeitsplatz erzählen. Das wird nämlich großartig. Und wir werden uns intensiv darüber Gedanken machen was wir jetzt mit deinem „kleinen Problem" machen. Wann hast du wieder Schule?" Lena musste fast schon gegen ihren Willen grinsen. Ronja war mal wieder nicht zu bremsen. Sie beneidete sie oft heimlich um ihr Temperament und um die Art Dinge anzugehen. Lena fing meistens irgendetwas völlig kopflos an und überlegte erst im Nachhinein, ob die Idee auch wirklich gut war. Das mit Giovanni war dafür das beste Beispiel. „So, nun hörst du auf Trübsal zu blasen und hilfst mir gefälligst beim Denken!"

Mathilda und Georg hatten wie erwartet nichts dagegen, Lena für die nächste Zeit bei sich aufzunehmen. Sie machten sich um sie fast genauso viel Sorgen wie um ihre eigenen Töchter. Am Abend saßen sie alle zusammen im Esszimmer der Blomens und beratschlagten, wie es weitergehen sollte. „Ich muss morgen früh um sieben arbeiten, danach hole ich dich ab und wir fahren nach Mannheim. Wollen doch mal sehen, ob uns die Polizei dort nicht vielleicht weiterhelfen kann." Ronja schob energisch das Kinn vor. Mathilda war eher zurückhaltend und schien noch nachzudenken. Auch Georg sah das Ganze eher skeptisch. Es wäre ihm am liebsten gewesen er hätte die Beiden begleiten können. Aber mit diesen Schmerzen war das unmöglich. „Mit denen reden ist vielleicht gar keine schlechte Idee, aber versprecht euch nicht allzu viel davon. Ich vermute mal, dass die dort auch nur wenig machen können." Lena sah Ronja an. Die sah ihre Mutter an. „Was meinst du denn dazu?" Mathilda wiegte den Kopf. „Ich würde euch gerne begleiten. Und sei es auch nur als moralische Unterstützung. Oder wir fragen Anja, ob sie nicht Zeit hätte, mit dazu zu kommen. Dann würde ich in der Zeit auf Leonie und Lennox aufpassen." Ronja nickte. Vielleicht war die Idee gar nicht mal so schlecht. Anja war eine gestandene Frau mit sicherem Auftreten und machte mit Sicherheit mehr Eindruck als zwei aufgeregte junge Hühner. „Also gut, dann nehmen wir Anja mit!"

Pünktlich um sieben stand Ronja, gewandet in einen weißen Kittel, mit frisch gewaschenen und desinfizierten Händen neben Paula und wartete auf Anweisungen. Sie liebte den Geruch in der Backstube. Paula füllte gerade Mehl und Hefe in die Knetmaschine, fügte noch Wasser, Zucker und Salz hinzu und warf dann die Maschine an. „Wir machen jetzt einen Hefeteig, wir brauchen für eine Firma in Weinheim drei Bleche Streuselkuchen und zwei Bleche Obstkuchen. Wenn du magst kannst du mir aus der Kühlung fünf Kilo Butter bringen, die brauchen wir gleich für die Streusel. Und wir werden Äpfel in rauen Mengen schälen müssen."

Ronja lief an Sophie und Emilie vorbei Richtung Kühlkammer. Dort sah sich sich suchend um, bis sie mehrere dicke Blöcke Butter fand. Sie nahm einen der abgepackten Rechtecke in die Hand und versuchte herauszufinden, wie schwer er war. Sie sollte fünf Kilo mitbringen, würden dann drei Blöcke reichen? Sie hatte keine Ahnung, wollte aber auch nicht gleich in den ersten 15 Minuten als unfähig dastehen. Entschlossen nahm sie drei Blöcke auf den Arm und ging zurück zu Paula. „Fast richtig", Paula schmunzelte, „die Blöcke haben jeweils 2,5 Kilo. Das steht unten auf dem Rand drauf. Wäre wahrscheinlich einfacher gewesen, wenn ich es dir vorher gesagt hätte. Würdest du einen Block wieder zurückbringen und dafür einen Eimer Äpfel mitbringen bitte?" Ronja nickte zufrieden. Paula war verständnisvoll und nett, ganz anders als die meisten Oberschwestern in der Kinderklinik. Jedenfalls die die sie bisher kennengelernt hatte. Sie wusste, es war viel zu früh um irgendwelche Parallelen zu ziehen. Aber sie fühlte sich jetzt schon erheblich wohler als die ganzen letzten drei Monate in Heidelberg. Als sie mit dem Eimer mit Äpfeln zurück kam hatte Paula gerade den Teig aus der Knetmaschine befreit und ihn auf einem gefetteten Backblech abgelegt. Dort deckte sie ihn mit einem Handtuch ab. „Der darf sich jetzt erst mal ein wenig ausruhen, wenn er doppelt so groß ist wie jetzt geht's weiter. Bis dahin kümmern wir uns um die Äpfel." Sie deutete Ronja an, ihr zu folgen. Am Ende des Raumes stand eine etwas kleinere Maschine. Paula steckte einen der Äpfel auf einen herausragenden Metalldorn, klappte einen kleinen Bügel herunter und warf die Machine an. Ronja staunte nicht schlecht. Binnen weniger Sekunden war der Apfel geschält und als Paula in runternahm sah sie, dass gleichzeitig auch das Kerngehäuse entfernt war. Das war ja mal praktisch. „Wenn du magst darfst du die Äpfel jetzt alle schälen und dann zügig zu mir bringen. Dann muss es flott weitergehen." Paula ging zurück an die Knetmaschine und füllte erneut Mehl ein. Ronja schnappte sich den ersten Apfel aus dem Eimer und platzierte ihn sorgfältig vorne auf dem Metalldorn. Dann drückte sie auf „Start". Der Apfel drehte sich in schwindelerregender Geschwindigkeit um sich selbst, bevor er in unglaublicher Eigenrotation den Metalldorn nach vorne verließ und quer durch die Backstube schoss. Sophie und Emilie duckten sich, dann fingen alle, außer Ronja, an zu lachen. Sophie kam zu ihr. „Mach dir nichts draus, typischer Anfängerfehler. Du hast vergessen, das Schälmesser runterzuklappen. Das hält das Obst quasi auf dem Dorn fest. Hier, probier's nochmal." Sie gab Ronja einen weiteren Apfel aus dem Eimer und blieb neben ihr stehen. Apfel drauf, Bügel runter, Maschine an…..dieses Mal funktionierte alles perfekt und Ronja war sichtlich stolz auf die „Schalenschlange" die nun elegant in die darunter stehenden Kiste schwebte. Sie strahlte Sophie an. „Siehst du, gar nicht so schwer, oder?" Sophie schlug ihr kurz auf die Schulter und ging dann zurück zu der Geburtstagstorte, die sie gerade mit Fondant überzog. Als alle Äpfel fein säuberlich von ihrer Schale und dem Kerngehäuse befreit waren ging Ronja damit zurück zu Paula. „Jetzt zeige ich dir, warum ich vorhin „zügig" gemeint hatte. Äpfel und auch anderes Obst wird aufgeschnitten an der Luft erfahrungsgemäß sehr schnell unansehnlich braun. Um den Ganzen entgegenzuwirken beträufeln wir die Äpfel gleich mit Zitronensaft. Aber zuerst müssen wir sie schneiden. Dafür spannen wir sie wieder in die Maschine an der du sie gerade geschält hast." Paula ließ in einer atemberaubenden Geschwindigkeit die geschälten Äpfel durch die Maschine laufen und binnen weniger Minuten hatte sie einen ganzen Berg gleichmäßiger Apfelringe. „So, jetzt geben wir da großzügig Zitronensaft drüber."

Sie besprengte die Apfelscheiben mit Zitrone und holte dann eine Flasche aus dem Lager. „Dieser Kuchen bekommt noch eine besondere Zutat, aber nur, weil er so bestellt wurde." Sie beträufelte die Scheiben mit dem Flascheninhalt und sofort verbreitete sich ein wohlriechender, aber alkoholischer Duft in der Backstube. Ronja schnupperte intensiv. „Mhh, das riecht gut. Was ist das?" Paula zeigte ihr die Flasche. „Das ist Calvados, französischer Apfelbranntwein. Der gibt dem Obst nochmal den richtigen Pfiff." Sie zwinkerte. „Das darf jetzt mal eine ganze Weile ziehen, wir machen in der Zwischenzeit jetzt die Bleche fertig zum belegen." Sie nahm das Handtuch vom Teig. Der hatte eine beachtliche Größe erreicht. Paula nahm sich eine Art Spatel und trennte den Teig in fünf gleich große Stücke. Damit ging sie zu der fast größten Maschine im Raum, wenn man von den drei hohen Backöfen mal absah. „Das ist unsere Ausrollmaschine. Sie bringt den Teig auf eine gleichmäßige Dicke und schont unsere Muskelkraft. Teig ausrollen ist nämlich ganz schön anstrengend, jedenfalls bei der Menge." Sie legte den ersten Teigklumpen aufs Band und startete die Maschine. Über ein großes Laufband wurde der Teig nun ausgerollt. So flach wie er nun war nahm Paula ihn und legte ihn auf das vorbereitete Backblech. Dort drückte sie ihn noch mit der Hand in die Ecken und brachte nochmal alles in Form. Dann hielt sie Ronja das Blech hin. „So, das machen wir jetzt noch fünf mal, dann geht's ans belegen."

Um elf standen fünf fertig gebackene Kuchen zum Ausliefern bereit und vor Paula und Ronja stand jeweils eine Tasse Kaffee und ein Stück des noch lauwarmen Streuselkuchens. „Das hast du gut gemacht fürs erste Mal." Paula lächelte Ronja wohlwollend an. In dem Moment betrat Gitti die Backstube, die Autoschlüssel in der Hand. „So Mädels, ich fahre jetzt. Sophie lädt mir noch die Torte ein, ihr beiden könntet die fünf Bleche ans Auto bringen bitte." Ronja und Paula nahmen je zwei Bleche, Gitti schnappte sich das letzte. Als alles sicher verladen war drehte sie sich zu Ronja um. „Na, wie war dein erster Tag? Hast du Lust wiederzukommen?" Ronja strahlte über alle verfügbaren Backen.

„Wenn ich darf, von Herzen gerne. Das war so toll heute. Ich habe dank Paula so viel Interessantes gesehen und erfahren. Es hat richtig Spass gemacht " Paula musste laut lachen. „Das waren doch nur harmlose Blechkuchen, pass mal auf wenn du an die wirklich hohe Kunst der Konditorei herangeführt wirst. Nein, im Ernst. Ich finde, du hast das prima gemacht heute. Behalte dir deinen Enthusiasmus und deine Neugier, dann kann eigentlich nicht viel schief gehen." Gitti sah Paula an und nickte. Dann reichte sie Ronja die Hand. „Also dann, willkommen als neue Praktikantin in „Gittis süße Schmiede". Ich freue mich sehr auf unsere Zusammenarbeit. Du darfst ab jetzt dreimal die Woche von sieben bis elf in der Backstube zugucken und mithelfen. Je nach Aufträgen darfst du in die verschiebenden Bereiche der Konditorei reinschnuppern und hast dann schon mal eine gute Grundlage für deinen Ausbildungstart im August. Für heute hast du Feierabend. Paula soll dir eine Tüte mit Teilchen zusammenpacken, die bringst du deiner Familie mit." Sie lief zur Fahrertür und stieg ein. „Bis morgen dann." Winkend fuhr sie vom Hof und ließ eine sichtlich glückliche und strahlende Ronja zurück.

Anja kniff die Augen zusammen und versuchte, das Namensschild auf der Uniform des vor ihr sitzenden Beamten zu entziffern. „Herr Meyer, ich hoffe, Sie verstehen den Ernst der Lage. Frau Schork fühlt sich von Giovanni Marino bedroht und lebt seit Wochen nun in ständiger Angst. Sie werden doch einsehen, dass das auf die Dauer kaum zumutbar ist, oder? Da muss man doch etwas machen können." Andreas Meyer, Polizist mit Leib und Seele, aber auch durchaus ein Mann mit ausreichender Sehkraft und dem weiblichen Geschlecht nicht abgeneigt, betrachtete die attraktive Frau, die da vor ihm saß. Sie hatte ihm gerade versucht zu erklären, das wohl ein Großteil der sizilianischen Mafia hinter der Freundin ihrer Schwester her war. Ein überaus heikles, um nicht zu sagen sehr schwieriges und durchaus gefährliches Thema. Der Polizei waren natürlich etliche Delikte bekannt, die oftmals in direkter Verbindung zu den verschiedenen italienischen Clans der Stadt gebracht werden konnten. Da aber jemandem etwas zu beweisen, beziehungsweise ihn dafür vor den Richter zu bringen, war fast unmöglich. Der Drogenhandel florierte, Schwarzgeld floss in Strömen und auch der Zuhälterei war nicht wirklich Einhalt zu gebieten. Er seufzte tief.

„Frau Eratz, ich verstehe Sie und Ihre Sorge natürlich sehr gut. Dieser Herr Marino ist wahrlich kein unbeschriebenes Blatt. Aber bisher konnten wir ihn noch nicht wirklich dingfest machen. Der hatte immer einen gerissenen Anwalt an der Seite, der ihn jedesmal schnell wieder raushaut. Und wie gesagt, man konnte ihm bisher nie etwas wirklich nachweisen." Er warf einen Blick auf den Bildschirm vor ihm und sah die drei Frauen, die vor seinem Schreibtisch saßen, dann wieder nachdenklich an. Er wollte ihnen helfen, schon wegen dieser wirklich netten und gut aussehenden Person, die ihn jetzt erwartungsvoll ansah. Lena und Ronja wirkten beide eher eingeschüchtert und waren froh, dass sie Anja dabei hatten. Andreas Meyer blätterte in der Akte, die vor ihm auf dem Schreibtisch lag. „Ich würde sagen, wir erwirken jetzt zunächst mal ein Kontaktverbot, des weiteren sollten Sie so bald wie möglich beim Gericht einen Antrag auf „einstweilige Verfügung" stellen. Damit unterbieten wir Marino die Annäherung zu Ihnen, Frau Schork. Sollte er sich der Anweisung widersetzen wird ein Ordnungsgeld fällig, bei wiederholten Verstoß kann es zu einer Freiheitsstrafe von eins bis drei Jahren kommen. Außerdem erachte ich es als sinnvoll, wenn Sie in nächster Zeit nicht alleine im Dunkeln durch die Straßen flanieren. Haben Sie jemanden, der ein bisschen auf Sie aufpasst. Einen Freund vielleicht?" Lena schüttelte den Kopf. Anja sah sie an. „WIR passen auf Frau Schork auf. Solange die Situation noch so beängstigend und unklar ist wird sie bei meinen Eltern bleiben. Dort ist immer jemand, sie ist also nicht allein." Sie lächelte Lena warm und fürsorglich an, die schickte ihr einen dankbaren Blick zurück. „Gut, dann bräuchten wir noch deren Adresse, falls wir noch irgendwelche Fragen hätten. Ansonsten würde ich Sie auf dem Laufenden halten wenn wir etwas Neues wissen. Ihre Handynummer habe ich ja." Herr Meyer schaute nach dem Zettel auf dem er sich zu Anfang des Gespräches alles notiert hatte. Anja überlegte kurz und meinte dann „ich würde Ihnen auch gerne noch meine Handynummer da lassen, falls sich etwas Entscheidendes ergibt. Lenas Mutter ist da etwas, sagen wir mal, weniger involviert beziehungsweise engagiert. Und Lena hat bestimmt nichts dagegen, oder?" Lena nickte, sie war froh, dass Anja sich so für sie einsetzte. Sie wollte einfach, dass das alles schnell ein Ende hatte. Und Andreas Meyer freute sich insgeheim über die Möglichkeit, an die Handynummer von Anja zu kommen. Er notierte sie sorgfältig und versprach, sich zu melden, sobald es Neuigkeiten gab. Dann verabschiedeten sich die drei Frauen und verließen ein wenig resigniert die Polizeidienststelle. „Und? Was meint ihr?" Lena sah Anja und Ronja fragend an. Anja wirkte leicht angespannt. Ronja war wie immer emotional so aufgeladen, dass sie am liebsten schon im Büro des Polizisten explodiert wäre. Wenn es nach ihr gegangen wäre hätten sofort Hundertschaften von Polizisten die Wohnung dieses Mistkerls gestürmt und hätten ihn festgenommen. Dann ab ins Gefängnis mit ihm und vor allem nie wieder raus. „Sag mal, du weißt nicht zufällig, wo der Vater seine Pizzeria hat, oder?" Anja klammerte sich an einen winzigen Strohhalm, wahrscheinlich war das gerade die bescheuertste Idee aller Zeiten. Aber sie wollte nichts unversucht lassen. „Doch, ich war mit Giovanni einmal dort essen. Ist nur drei Quadrate weiter von hier." Ronja sah Anja völlig geschockt an. „Hast du gerade völlig den Verstand verloren?? Du willst da doch nicht ernsthaft einfach rein marschieren. Was ist, wenn der da ist und Lena sieht? Mit Verlaub Schwesterchen, das ist die blödeste Idee die du seit langem hattest." Ronja war

völlig entsetzt. Aber Anja setzte bereits ihre Füße in Bewegung und schlug Kurs in Richtung Pizzeria „Da Vinci" ein. Lena sah Ronja völlig perplex an, dann rannten sie Anja hinterher. „Ihr zwei bleibt draußen, ich möchte eine direkte Konfrontation von Lena mit Giovanni eigentlich gerne vermeiden. Und du Noni passt hier draußen auf Lena auf. Ich bin gleich wieder da." Anja sprachs und war im selben Moment schon in der Pizzeria verschwunden. Lena und Ronja blieben sprachlos aber gehorsam zurück. Ronja flüsterte leise „hoffentlich geht das gut" und versuchte durch die bunten Fenster einen Blick nach innen zu erhaschen. Sie sah Anja an dem rustikalen Tresen stehen und warten. Aus der Küche trat ein älterer Mann mit grauen Haaren. Leider sah Ronja durch die gemusterten Scheiben alles nur sehr verschwommen. „Da wäre ich jetzt wirklich gerne Mäuschen. „So mutig kenne ich Anja gar nicht. Die Trennung hat echt einen völlig anderen Menschen aus ihr gemacht."
Ronja presste mit einer Mischung aus Spannung, Neugier und Nervosität ihr Gesicht ans Fenster. Dann drehte sie sich zu Lena um. Die war blass, schwitzte vor Aufregung und knetete pausenlos ihre Hände. Sie biss auf ihrer Unterlippe herum und war kaum in der

Lage, einen klaren Gedanken zu fassen. „He,
jetzt beruhig dich mal. Anja hat's scheinbar
völlig im Griff." Jedenfalls hoffe ich das,
dachte sich Ronja im Stillen.
Zwanzig Minuten später kam Anja zurück. Sie
sah erheblich entspannter aus als vorher.
„Und und und??" Ronja hüpfte vor Aufregung
von einem Bein aufs andere. Lena wirkte
unruhig und fahrig. Anja sah Lena an und
meinte dann zufrieden: „wenn Marcello, das
ist der Vater von Giovanni, sein Versprechen
hält, dann wirst du ab jetzt deine Ruhe haben.
Giovanni wird wohl in den nächsten Wochen
zurück nach Sizilien gehen und dort seinen
„Geschäften" nachgehen. Das wäre wohl
schon länger so geplant. Marcello liegt es
fern, jungen Mädchen Angst einzujagen. Sollte
es da noch tatsächlich zu irgendwelchen
„finanziellen Außenständen" seitens dieses
Salvatore di Luca gekommen sein wird er sich
darum kümmern. Wobei ER jetzt behauptete,
Geschäfte dieser Art fielen sowieso nicht in
sein Metier. Man möge es ihm glauben oder
nicht. Ich bin auf alle Fälle jetzt erst mal
vorsichtig positiv gestimmt, das in dein Leben
wieder etwas mehr Ruhe einkehrt. Du bleibst
natürlich trotzdem erstmal bei unseren Eltern
und das Kontaktverbot erwirkst du am besten
auch. Ansonsten gehen wir mal davon aus,

das sich damit das Thema „Giovanni" erledigt hat." Lena riss die Augen auf und fiel Anja dann mitten auf der Straße stürmisch um den Hals. Ihr kamen die Tränen vor Erleichterung. „Oh mein Gott, danke danke danke! Ich weiß gar nicht was ich sagen soll. Ich stehe auf ewig tief in deiner Schuld." Anja umarmte Lena schob sie aber dann von sich und meinte energisch „ach was, irgendjemand musste ja mal Ordnung in diesen italienischen Haufen bringen, nicht wahr?" Ronja sah ihre Schwester bewundernd an. „Mensch Anja, das hätte ich dir ja gar nicht zugetraut. Reife Leistung, mal ehrlich." Anja wurde leicht verlegen. Sie verriet besser nicht, das ihr das Herz bis zu den Haarwurzeln geklopft hatte, als sie vor Marcello Marino stand. Umso erleichterter war sie jetzt. „Hast du vorhin nicht was von einer ganzen Tüte voller süßer Teilchen erzählt? Ich glaube, die haben wir uns jetzt redlich verdient. Und außerdem können es Mama und Papa bestimmt kaum abwarten bis wir wieder daheim sind. Also Mädels, auf geht's, fahren wir nach Wald-Michelbach." Zu dritt gingen sie, fröhlich quatschend, zurück zu Anjas Kombi.

„Ich kann's ja fast immer noch nicht glauben, das du das ganz alleine geschafft hast." Auch Georg und Mathilda sahen ihre Älteste nach deren Schilderungen über den Nachmittag bewundernd und voller Respekt an. „Das war aber auch reichlich riskant, hattest du keine Angst?" Georg machte sich leise Vorwürfe, er wäre gerne dabei gewesen. Er hatte das Gefühl, jemanden im Stich gelassen zu haben. „Naja, so ein bisschen mulmig war mir schon. Ich wusste ja nicht, worauf ich mich da einlasse. Aber es scheint ja alles gut gegangen zu sein. Hoffen wir mal, das der alte Marino sein Versprechen hält. Leonie und Lennox bleiben die ganze Woche übrigens bei Reiner, der hat Urlaub." Anja angelte sich einen Puddingplunder aus der Tüte die vor ihr auf dem Tisch lag. „Hast du die jetzt heute gebacken Noni?" Sie grinste. Ronja verzog die Lippen. „DIE nicht, dafür fünf Blechkuchen, sogar mit Calvados." Dann erzählte sie von ihrem lehrreichen Vormittag und der Praktikums-Stelle, die Gitti Winkler ihr angeboten hatte. Es gab also im Grunde genommen gleich zwei Gründe zum feiern. „Ich soll euch übrigens von Finja grüßen, sie und Doro sind gerade beide in Hannover auf einer Art Fortbildung. Also Finja hat Fortbildung und Doro begleitet sie." Mathilda schenkte Georg Kaffee nach und wandte sich dann an Anja. „Möchtest du übrigens das Neueste von Alexander und Nadja hören?" Anja blickte ihre Mutter gekonnt desinteressiert an, setzte sich aber aufrechter hin. „Wenns sein muss." Sie spielte mit einem Krümel der neben ihrem Teller lag. „Nadja ist seit vorletzter Woche in der Psychiatrie, sie hat wohl versucht, sich mit Tabletten umzubringen. Sie leidet an schweren Psychosen, deshalb ist sie auch kaum in der Lage, ihr Leben in den Griff zu bekommen. Jetzt muss sich Alexander allein um die Kinder kümmern. Man weiß wohl auch noch nicht, wie lange Nadja weg ist. Sie soll dann wohl danach in eine Art stationäre Therapie. Alexander will wohl vorerst mit den Kindern zu seinen Schwiegereltern in den Schwarzwald. Seine Firma hat dort eine Zweigstelle, da könne er wohl von dort aus arbeiten. Insgesamt alles recht tragisch würde ich sagen." Mathilda wartete gespannt auf Anjas Reaktion. Der Rest am Tisch auch, nur nicht ganz so offensichtlich. Anja musste das Gehörte zunächst mal sacken lassen. Man sah ihr an, dass sie sehr angestrengt überlegte wie sie jetzt reagieren sollte. „Naja, sind wir doch mal ehrlich: Nadja hatte schon immer gewisse Probleme und Alexander wusste das.

Vielleicht ist es besser so... für alle" fügte sie nachdenklich hinzu. Damit ließ sie es bewenden, irgendwie wollte sie gerade nicht viel mehr dazu sagen. Georg sah Mathilda vielsagend an, als wolle er sagen „lass gut sein." Zugegebenermaßen fiel Mathilda das sehr schwer, aber sie riss sich zusammen und hielt den Mund. „Ich werde diesen Andreas Meyer noch anrufen und ihn über den neuesten Entwicklungsstand im Fall „Giovanni" in Kenntnis setzen. Ich denke, er wird froh sein, wenn wir das mehr oder weniger unbürokratisch klären konnten." Sie stand auf und suchte in ihrer Handtasche nach der Visitenkarte, die er ihr beim Verabschieden noch in die Hand gedrückt hatte. Dann ging sie raus ins Freie und wählte. „Polizeistation Mannheim, Meyer?" Hatte seine Stimme vorhin auch schon so sympathisch geklungen? Anja musste schmunzeln. „Hallo Herr Meyer, hier ist Anja Eratz. Erinnern Sie sich? Ich war vorhin mit meiner kleinen Schwester und deren Freundin da. Es ging um Giovanni Marino." Sie hörte ihn leise lachen. „Hallo Frau Eratz. Natürlich erinnere ich mich. Aber so schnell bin ich nicht, es gibt leider überhaupt noch nichts Neues." Jetzt musste sie lachen. „Doch gibt es. Ich war bei Marcello Marino, dem Vater von diesem Giovanni." In der Leitung wurde es still. „Hallo Herr Meyer, sind Sie noch dran?" Andreas Meyer schnappte hörbar nach Luft. „Sie waren bitte WO??" Anja hatte so eine ähnliche Reaktion schon erwartet und schilderte ihm in kurzen Sätzen, was sie und das italienische Familienoberhaupt besprochen hatten. Als sie fertig war war Andreas immer noch fast sprachlos. „Sie sind ja ein wahres Teufelsweib! Da haben Sie ja fast Unglaubliches geleistet. Ich bekomme ja direkt Angst vor Ihnen." Anja lachte verhalten. Und wurde leicht verlegen , wie gut das er das durch das Telefon nicht sehen konnte. „Wissen Sie was? Ich würde Sie gerne als Belohnung und Dank für Ihre Heldentat zu einem Kaffee einladen. Immerhin haben Sie der Polizei ja jetzt einen ganzen Haufen Arbeit erspart." Jetzt wurde aus dem „verlegen" ein knalliges Rot, welches sich in Windeseile über ihre Wangen erstreckte. Sie fächelte sich mit der Handfläche Luft zu und sagte dann „sehr gerne Herr Polizeiobermeister Meyer". Sie verabredeten sich für das kommende Wochenende in Heidelberg. Entspannt und fröhlich ging sie zurück zu den anderen.

Fast drei Wochen später, am 15. Februar morgens um acht hatte Georg einen Termin bei Professor Kantus in Heidelberg. Er und Mathilda fuhren früh los, man wusste morgens nie wie man durch den Verkehr kam. Und auch nicht, ob man in Heidelberg einen geeigneten Parkplatz bekam oder erst kilometerweit laufen musste. Sie hatten Glück, ein paar Meter vom Klinikum war ein Parkplatz frei und gegen viertel vor acht betraten sie das Klinikgebäude. Mathilda war schon wieder viel nervöser als ihr Mann. Der hatte sich mittlerweile völlig seinem Schicksal ergeben. Er wollte nichts mehr als endlich wieder völlig schmerzfrei sein, dafür würde er einiges in Kauf nehmen. Er meldete sich an und nahm zusammen mit seiner Frau im Wartebereich Platz. Hier war es, trotz das es noch verhältnismäßig früh war, schon rappelvoll. Das würde ein verdammt langer Tag werden. Und er war nüchtern, wie befohlen. Das mit dem fehlenden Frühstück hatte ihm bis jetzt herzlich wenig ausgemacht, aber den morgendlichen Kaffee vermisste er doch sehr. Mathilda hatte aus lauter Solidarität auch keinen getrunken und wartete nun ungeduldig darauf, das es voran ging. Eineinhalb Stunden später wurde Georg dann endlich aufgerufen. Mittlerweile fehlte ihm nicht nur der Kaffee sondern auch ein ordentliches Frühstück. Mathildas Magen knurrte ebenfalls leise vor sich hin und beide hatten dementsprechend nicht unbedingt die allerbeste Laune. Mathilda zischte ihrem Georg noch ein „sei lieb" ins Ohr bevor sie ins Behandlungszimmer traten. Zu Recht, wie sich im Nachhinein herausstellen sollte. Professor Kantus entpuppte sich als „Frau Prof. Dr. Sybille Kantus", eine große hagere Frau mit Hornbrille und ernstem, kantigem Gesicht. Mathilda stieß innerlich ein Stoßgebet gen Himmel. Das würde spaßig werden. Sie spürte auf den ersten Blick, dass die Ärztin und ihr Mann nicht die besten Freunde werden würden. Georg war, eigentlich wie der Rest seiner Familie, mit einem überaus trockenen Humor gesegnet und im Grunde genommen ein äußerst ruhiger, besonnener und friedlicher Zeitgenosse. Einzig Humorlosigkeit und fehlender Respekt konnten ihn vollkommen auf die Palme bringen. Frau Dr. Kantus war nun aber der absolute Inbegriff von Humorlosigkeit, man sah es ihr an. In ihrem Blick, ihren Bewegungen und an ihrer Art zu gucken. Als sie anfing zu reden wäre Georg am liebsten geflüchtet. Diese Stimme zerrte ihm schon in den ersten Minuten so sehr an den Nerven, das er augenblicklich froh war, das er während der gesamten OP im Tiefschlaf lag. „Herr Blomen, ich habe mir ihre MRT Bilder angesehen." Auch Mathilda erschauderte leicht, diese Stimme glich ja fast schon körperlicher Folter. Es hörte sich an wie ein vorwurfsvolles Quaken, sehr nasal, mit weinerlichem Unterton und viel zu hoch. Jeder Satz tat in den Ohren weh. Georg merkte, wie angestrengt er zuhören musste um sich auf das, was Frau Dr. Kantus von sich gab, konzentrieren zu können.

„Ich werde die Entzündung im Rücken, die ihre Schmerzen und Symptome verursachen, chirurgisch sanieren. Das heißt das infizierte Gewebe wird großzügig abgetragen. Danach werden wir die Wunde gründlich spülen und direkt antibiotisch behandeln. Wenn wir sicher sein können, dass die Entzündung damit eingedämmt ist, werden wir die betroffenen Wirbelkörper miteinander verblocken. Wir werden sie also stabilisieren und versteifen. Das nennt sich „Spondylodese". Für die Op werden wir Ihnen den Bauchraum eröffnen, tatsächlich kommen wir so besser an die einzelnen Wirbelkörper." Georg fühlte sich mit einem mal furchtbar schwindelig. Ob's am fehlenden Kaffee, am nüchternen Magen, an der Stimme der Ärztin oder an dem lag, was sie ihm gerade erklärt hatte wusste er nicht. Sie fuhr nahezu ungehindert fort. „Nach der OP kann es selbstverständlich in den ersten Wochen noch zu Einschränkungen kommen. Aber im Normalfall sollten Sie sich recht bald wieder fast völlig normal und vor allem ohne großen Einschränkungen bewegen können. Wir empfehlen übrigens, im Anschluss an den stationären Aufenthalt, eine Reha-Maßnahme von mindestens vier bis sechs Wochen." Frau Dr. Kantus ließ weder Georg noch Mathilda Zeit zum Luft holen, geschweige denn zum Nachdenken. „Ich werde Ihnen jetzt ein paar Unterlagen mitgeben. Damit gehen Sie bitte zunächst zur Blutentnahme, danach zur Anästhesie. Wenn Sie alles beisammen haben sehen wir uns wieder und besprechen den Rest." Sie erhob sich und erklärte somit dieses Gespräch als vorläufig beendet. Mathilda half Georg beim Aufstehen. Georg murmelte ein leises „Dankeschön" und schon standen sie wieder auf dem Flur. Beide sahen sich an, dafür fehlte jetzt jedem von ihnen die Worte. „Na dann, gucken wir mal wo ich mich hier anzapfen lassen soll." Georg war der Erste, der seine Sprache wiedergefunden hatte. Mathilda folgte ihm wortlos. Sie war noch viel zu schockiert von der Gefühlslosigkeit und der fehlenden Herzlichkeit und kühlen

Nüchternheit der Ärztin. Natürlich war es das Wichtigste das sie ihr Handwerk verstand und ihren Georg wieder auf die Beine brachte. Aber ein ganz klein wenig Menschlichkeit und Wärme wäre auch nicht zu verachten gewesen. Georg hatte sich da etwas besser im Griff, er hatte noch immer diese nervige Stimme im Ohr. „Das war ja schlimmer als jede rostige Kreissäge, meine Güte. Ich bin echt froh wenn die Narkose an dem Tag wirkt und ich die nicht mehr hören muss." Gegen jeden Willen musste Mathilda nun doch lachen. „Ich habe wirklich selten jemanden reden gehört und mir in der gleichen Sekunde gewünscht, ich hätte Panzerband dabei. Das war ja grausam. Was sagst du zu dem, was sie gesagt hat? Die Vorstellung daran trägt nicht unbedingt zu meiner Erheiterung bei, noch sehr viel weniger als diese Stimme." Georg zuckte mit den Schultern. „Für mich klang es als wüsste sie, was sie tut und von was sie redet. Und das ist für mich das Wichtigste. Wie gesagt, ich höre sie ja zum Glück bei der Operation nicht. Und wenn ich mich danach wieder schmerzfrei bewegen kann dann werde ich halt in den sauren Apfel beißen müssen." Sie gaben die Papiere in der Anästhesie Anmeldung ab und mussten wieder warten. Dieses mal aber nicht lange.

Eine Viertelstunde später war Georg um knapp 20 ml Blut ärmer und um ein kleines Loch im Arm reicher. Als nächstes sollten sie auf das Gespräch mit dem Anästhesisten warten. Die nette Dame an der Anmeldung meinte „es tut mir leid, aber Dr. Keller von der Anästhesie ist noch im OP, vor halb zwölf wird das wohl eher nichts." Georg fand das nun überhaupt nicht schlimm, dann würden sie jetzt das nächste „Problem" angehen. „Junge Frau, wo finden wir denn hier die Cafeteria? Wir sind nämlich beide noch nüchtern, diesen Zustand würden wir gerne schleunigst ändern."

Gegen halb zwei verließen sie Hand in Hand die Klinik. Georg sollte am übernächsten Morgen um sechs Uhr da sein, für acht Uhr war die Operation angesetzt.

Um vier Uhr in der Früh hörte Mathilda das Wasser in der Dusche rauschen. Sie streckte sich und blieb noch einen Moment mit offenen Augen liegen. Gegen fünf wollte Ronja sie beide nach Heidelberg fahren. Anja würde ihre Mutter dann am späten nachmittag wieder abholen. Finja würde gegen Abend nach ihrem Vater sehen können und dann dem Rest daheim nochmal berichten. Mathilda setze sich an den Bettrand und sortierte kurz ihre Gedanken. Sie hörte Georg im Bad rumoren, immer wieder begleitet von hörbarem schmerzlichen Stöhnen. Einerseits war sie froh, wenn das endlich ein Ende hatte und ihr Mann sich endlich wieder normal bewegen konnte. Zum anderen hatte sie auch eine wahnsinnige Angst. Immerhin konnte ja bei der OP so einiges schiefgehen. Doch daran durfte sie jetzt nicht denken, sie musste stark sein für ihren Mann. Auch wenn der gleichwohl erheblich stärker war als sie. Er kam aus dem Bad, in T-Shirt und Unterwäsche. „Guten morgen mein Schatz. Konntest du einigermaßen schlafen?" Sie sah ihn liebevoll an. Er gähnte. „Ja, ging eigentlich. Nur zu kurz. Aber ich darf ja gleich wieder…." Mathilda schüttelte den Kopf, ihr Mann war wirklich unglaublich.

„Bist du soweit? Dann würde ich jetzt schnell unter die Dusche hüpfen." Georg grinste sie an. „Ja, mach mal, ich habs ja gerade noch nicht so mit hüpfen. Ich werde die nächste halbe Stunde damit verbringen mich in meine Hose und in meine Strümpfe zu fummeln." Er wedelte mit seinen schwarzen Socken. Mathilda schnappte sie sich und befahl ihrem Mann „setz dich, ich mach das. Sonst verpasst du am Ende noch deine eigene Operation." Sie kniete sich vor Georg hin und zog ihm die Strümpfe über die Füße. Georg strich ihr dabei sanft über die Haare. „Ach Mamutschka, wenn ich dich nicht hätte…. Ich würde dich ja jetzt wirklich gerne küssen, aber ich komme nicht runter." Mathilda erhob sich langsam und küsste ihn sanft auf den Mund. „Besser so?" Sie zwinkerte schelmisch. „Wenn ich schon mal hier bin kann ich dir auch gleich die Hose anziehen, nicht das du beim Selbstversuch noch vom Bett fällst." Sie half ihm in die Hosenbeine und zog sie so weit es ging nach oben. Dann machte sie sich auf den Weg ins Bad. Während sie sich fertig machte ging sie im Kopf nochmal den Inhalt des Koffers durch den sie gestern Abend für Georg gepackt hatte. Zur Not läge Heidelberg ja auch nicht am Ende der Welt, und Anja wohnte ja quasi fast ums Eck. Sie trocknete sich ab und zog sich an, dann ging sie runter zu Georg in die Küche. In einer halben Stunde wollten sie los, im Vorbeilaufen hatte sie bei Ronja an die Zimmertür geklopft. Jetzt hörte sie sie oben laufen. „Bist du arg aufgeregt?" Mathilda legte ihren Kopf an Georgs Schulter. „Ehrlich gesagt noch nicht wirklich. Ich wollte einfach nur, es wäre schon vorbei und ich wüsste das alles gut gegangen ist." Mathilda streichelte sein Gesicht. „Das wird es, da bin ich mir ganz sicher." Fünfzehn Minuten später stand Ronja im Türrahmen. Sie sah aus wie ein aus dem Nest gefallener Vogel und gähnte mit weit offenem Mund. „Wenn du anfängst zu lernen solltest du dich an diese frühe Uhrzeit aber wirklich gewöhnen." Mathilda holte ihre und Georgs Schuhe und Ronja half ihrem Vater beim Anziehen der selbigen. Dann schnappte sie sich den Trolley und ihren Autoschlüssel. „Ich hole schon mal das Auto an den Hofeingang, dann braucht ihr nicht so weit zu laufen." Mathilda half Georg beim Aufstehen und ging langsam mit ihm zur Hofeinfahrt, wo Ronja schon mit laufendem Motor auf sie wartete.

Während der knapp einstündigen Fahrt war es sehr still im Auto. Lediglich das Radio dudelte leise fröhlich vor sich hin. Jeder hing seinen eigenen Gedanken nach. Ronja machte sich zwar auch Gedanken um ihren Papa und seine bevorstehende OP, sie dachte aber auch über die letzten drei Wochen nach. Es waren einige wundervolle Dinge passiert. Das Praktikum in „Gittis süße Schmiede" lief hervorragend, sie fühlte sich angekommen und pudelwohl. Die Kolleginnen waren allesamt super nett, mit Emilie hatte sie sich sogar mittlerweile schon mal privat getroffen. Paula und Gitti waren beide absolute Herzensmenschen, voller Wärme und Freundlichkeit, nichts war ihnen zu viel. Auch wenn Ronja sie an machen Tagen in Grund und Boden fragte. Mittlerweile hatte sie auch Horst kennengelernt, den Mann von Gitti. Er war Mitte 50 und ein Bär von einem Mann. Er hatte einen riesigen Kugelbauch und war im Gesamten ein richtig gemütlicher, lustiger Mann mit cleverem Geschick fürs Geschäft. Sein Wahlspruch war „ich bin eine Elfe, gefangen im Körper eines Babypottwals." Ihr gemeinsamer Sohn Thomas war Konditor aus Leidenschaft. Äußerlich glich er mehr seinem Vater, die Herzlichkeit und den Charme hatte er von beiden. Ronja fühlte sich beim Arbeiten als wenn sie hier eine Art „Zweitfamilie" dazu gewonnen hatte und stand jeden Tag, an dem sie in die Backstube durfte, mit einem Lächeln auf. Auch die Arbeit an sich wurde immer interessanter, jedesmal lernte sie irgendetwas Neues dazu. Sie konnte es kaum erwarten, dass es im August endlich richtig los ging.

Auch bei Lena hatte sich in der Zwischenzeit richtig viel getan. Sie war nach Anjas „Spontanbesuch" bei Marcello Marino noch für eine Woche bei den Blomens geblieben. Das Kontaktverbot und die einstweilige Verfügung waren mittlerweile in Kraft getreten und Giovanni hatte sich nicht mehr blicken lassen. Dafür klingelte es letzte Woche bei Lena an der Haustür. Sie hatte durchs Fenster einen großen schwarzen Wagen erkannt und vor lauter Angst natürlich nicht geöffnet. Der Mann, der mit Sonnenbrille und Anzug vor ihrer Tür stand hatte aber nur etwas in den Briefkasten geworfen und war dann ohne weiteres in sein Auto gestiegen und weg gefahren. Lena hatte schon das Telefon im Anschlag um die Polizei zu rufen. Da aber innerhalb der nächsten halben Stunde nichts mehr passierte wagte sie sich raus zum Briefkasten. Dort fand sie einen dicken braunen Umschlag auf dem schlicht „Lena" stand. Sie stürmte zurück in die Wohnung und öffnete gaaaaanz vorsichtig den Umschlag. Da war Geld! Und nicht wenig. Lena hatte es gezählt und dann sofort Ronja angerufen. Die war natürlich auf der Stelle zu ihrer Freundin gerast. Auf dem Küchentisch lagen sage und schreibe 10.000€ und ein kleiner Zettel. „Für die entstandenen Unannehmlichkeiten" und in gestochen scharfen Buchstaben die Unterschrift „Marcello Marino". Lena war erst total schockiert, dann minutenlang sprachlos und dann freute sie sich wie ein Schneekönig. Anjas Ansage und die leise Drohung mit der Polizei hatte wohl tatsächlich ein kleines Wunder bewirkt. Auch wenn das Geld bestimmt nicht wirklich „sauber" war... ihrem verhungerten Bankkonto würde es sicherlich ziemlich gut tun. Und so konnte sie auch ihrer Tante das geliehene Geld wieder zurückgeben. Für Lena war also ganz allmählich die Welt wieder in Ordnung. Sie ging wieder zur Schule und hatte auch fast ihre alte Fröhlichkeit wieder gefunden. Mathilda hing ganz anderen Gedanken nach. Sie hatte gestern mit dem Hotel telefoniert von dem der Gutschein für den Wellness-Urlaub für sie und Georg stammte. Sie hatte ihm die drei Tage Erholung pur auf seinen 66. Geburtstag geschenkt. Jetzt wollte sie abklären, ob man diesen Gutschein in einem gewissen Zeitrahmen eingelöst haben musste. Keiner wusste ja jetzt, wie es gesundheitlich mit Georg weiterging und bis wann er wieder so fit sein würde das der Urlaub wirklich Erholung und keine Qual darstellte. Sie solle sich keine Gedanken machen hieß es da, der Gutschein wäre mindestens zwei Jahre gültig, aber sie wären da im Allgemeinen sehr tolerant. Gut, das wäre also geklärt. Eigentlich gab es gerade nicht wirklich viel, über das sie sich groß Sorgen oder Gedanken machen müsste ausser um Georg. Anja hatte wohl einen neuen Verehrer, diesen Polizeiobermeister Andreas Meyer. Sie waren schon zweimal zusammen essen. Laut Anja war er ein sehr angenehmer und charmanter Mann der sie weder unter Druck setzte noch sonst irgendwie anstrengend war. Also das genaue Gegenteil zu Alexander. Sie wirkte sehr gelöst und entspannt seit sie wusste, das Alexander für unbestimmte Zeit aus ihrem Blickfeld verschwinden würde. Auch wenn Nadja ihr natürlich sehr leid tat. Finja wurde es immer ernster mit Doro, die beiden planten detailliert eine gemeinsame Zukunft. Von ihr sah man in letzter Zeit immer weniger. Seit sie beruflich immer eingespannter war fehlte ihr schlichtweg die Zeit, regelmäßig nach Wald-Michelbach zu kommen. Dafür rief sie fast jeden Abend an, wenn ihr Terminplan es zuließ und quatschte fast eine Stunde mit ihren Eltern am Telefon.

Georg saß neben Ronja und wusste eigentlich gar nicht wirklich, was er denken sollte. Er war leicht nervös, wusste aber, er konnte es ja sowieso nicht mehr ändern. Er machte sich ein wenig Sorgen um seine Frau. Bedingt durch die Operation und der anschließenden Rehamaßnahme würde er mindestens sechs bis acht Wochen nicht zuhause sein. Das heißt, Mathilda musste alleine zurechtkommen. Er wusste zwar, das das eigentlich überhaupt kein Problem für seine taffe Frau darstellen würde. Aber seit nunmehr 36 Jahren gab es sie nunmal nur als „Paar". Einzeln fühlten sie sich fast schon unvollständig. Er war heilfroh, das Ronja mittlerweile wieder daheim wohnte und ihrer Mutter bestimmt ab und an unter die Arme greifen würde. Und sie hatten Freunde, die immer da waren wenn man sie brauchte. Er konnte sich also eigentlich ab jetzt völlig darauf konzentrieren, wieder gesund zu werden. Kaum hatte er seine Gedanken zu Ende gedacht waren sie auch schon da. Ronja hielt vorm Klinikeingang und ließ ihre Eltern aussteigen. Sie wuchtete den Trolley aus dem Kofferraum und stellte ihn neben eine Bank. Wartet hier auf mich, ich suche nur schnell einen Parkplatz." Mathilda und Georg setzten sich in stillem Einvernehmen nebeneinander auf die Bank und warteten bis Ronja zurück kam. „So, bereit?" Ein paar Minuten später betraten die drei das Krankenhaus. Ronja zog den schweren Trolley hinter sich her und Mathilda hatte ihre Georg untergehakt. Sie fuhren mit dem Fahrstuhl in den dritten Stock und Georg meldete sich im Stationszimmer. „Guten Morgen Herr Blomen. Na Sie sind ja überpünktlich, das ist super. Ich zeige Ihnen gleich Ihr Zimmer, folgen Sie mir mal unauffällig." Die Schwester führte sie einen langen Gang entlang, bis fast ans Ende. Dann klopfte sie an der Tür mit der Nummer 252. „Guten Morgen Herr Schneider.. Sie bekommen einen neuen Zimmergenossen. Das ist Herr Blomen, der wird Ihnen die nächsten zwei Wochen Gesellschaft leisten." Im Bett am Schrank lag ein schmaler Mann mit Glatze, schätzungsweise um die 80 Jahre alt. Er winkte den drei Blomens fröhlich zu und strahlte. „Na endlich, so alleine hier auf die Dauer ist echt langweilig. Ihre liebreizende Gesellschaft in allen Ehren Schwester Claudia. Aber so manches mal fehlt einem dann doch so ein richtiges Gespräch unter Männern. Willkommen in Zimmer 252, dem Geburtsort des gepflegten Männerwitzes. Mein Name ist Hermann."

Georg fühlte sich sofort wohl, von den

Umständen mal ganz abgesehen. Das war ja mal eine Begrüßung, genau nach seinem Geschmack. Das würde ihm den Aufenthalt wahrlich sehr viel leichter machen. „Moin auch, ich bin Georg, auch Schorsch genannt. Im Moment noch absolut marode was meine Beweglichkeit betrifft, aber ansonsten ein mopsfideler Mensch ohne nennenswerte Einschränkungen… vor allem keine geistigen." Die beiden Männer schüttelten sich die Hände und grinsten.

Schwester Claudia verdrehte gespielt schockiert die Augen. „Na ich sehe schon, da haben sich zwei gesucht und gefunden. Herr Blomen, ich bringe Ihnen gleich ein schickes Hemd und eine noch schickere Kopfbedeckung. Das sollten sie dann am besten auch gleich anziehen. Sie bekommen noch ein Medikament zur allgemeinen Beruhigung (Hermann rief vom Bett her „eigentlich heißt das „Leck-mich-am-Arsch-Tablette, unsere Schwester drückt sich da immer sehr vornehm aus"), und gegen halb acht bringe ich sie runter in den OP zur Vorbereitung. Sie stehen als Erster auf dem Plan, wenn also alles gut läuft sind sie um Punkt acht Uhr dran. Die Operation dauert in der Regel so zwischen drei und vier Stunden, danach kommen sie in den Aufwachraum."

Sie wandte sich an Mathilda und Ronja. „Vor spätem Nachmittag wird ihr Mann wohl nicht wieder auf Station sein. Sie können aber gerne jederzeit anrufen. Ich hole jetzt mal die OP-Kleidung und ihre Sedierung." Als die Schwester draußen war wandte sich Georg an Mathilda. „Mamutschka, dann fahr doch mit Ronja wieder nach Hause. Du musst doch nicht den ganzen Tag hier in der Klinik verbringen. Wer weiß wann ich wieder oben bin." Mathilda aber winkte empört ab. „Kommt ja überhaupt nicht in die Tüte. Ich bin da wenn du wach wirst, darüber gibt's auch nichts zu diskutieren!" Hermann lachte schallend. „Da hast du ja ein echtes Prachtweib Schorsch. Sowas muss man behandeln wie einen Schatz, das weißt du hoffentlich."

Mathilda war leicht genervt, gerade jetzt ertrug sie keine blöden Sprüche, auch wenn dieser Hermann es bestimmt nicht böse meinte. „Ja, das weiß er, danke." Sie wandte sich an Georg, der die Anspannung seiner Frau deutlich spürte. Eigentlich wollte sie das ja gerade unbedingt vermeiden, aber sie waren nun mal schon zu lange miteinander verheiratet und konnten sich da selten etwas vormachen. „Es tut mir leid, ich bin nur gerade nicht in der Stimmung für Scherze."

Georg klopfte neben sich auf´s Bett und Mathilda setzte sich vorsichtig auf die zurückgeschlagene Bettdecke. „Mamutschka, ich ziehe mich jetzt um und nehme mein Tablettchen, dann darfst du mir noch winken und dann gehst du mit Ronja schön gemütlich frühstücken. Wenn ihr fertig seid und ich bin schon operiert entscheidest DU wie du es machen möchtest. Wenn die Operation aber noch länger dauert dann fährst du bitte mit heim und wir sehen uns morgen wieder in alter Frische. Wenn ich heute Abend nicht ganz so knülle von der Narkose bin können wir dann ja auch nochmal telefonieren. Einverstanden?" Mathilda wusste das er recht hatte. Der Plan war vernünftig. Und sie hasste sich gerade selbst dafür, dass ER jetzt so stark war und sie so schwach. Eigentlich hätte das ja umgekehrt sein sollen. Schwester Claudia kam zurück mit OP-Hemd, Kopfbedeckung und einem Becherchen mit einer kleinen Tablette. Sie bat Georg ins angrenzende Bad zum Umziehen und schenkte in der Zwischenzeit ein kleines Glas Wasser ein für die Tablette. Georg kam zurück und sorgte mit seinem Anblick für einen allgemeinen Heiterkeitsausbruch. Sogar bei Mathilda. „Also ich muss ja sagen, dieses Hemd ist äußerst figurfreundlich, einzig hintenrum

ziehts ein wenig. Und die Kopfbedeckung
wäre auch bestimmt was zum rasen mähen,
oder was denkt ihr?" Er lief auf Strümpfen zu
seinem Bett und deckte sich bis zum Hals zu.
Dieses Hemd war ja direkt sittenwidrig.
Schwester Claudia schmunzelte. Mit diesen
beiden Scherzkeksen hier im Zimmer würde
sie noch ihren Spass bekommen, so viel stand
fest. Sie schüttete Georg die kleine Tablette in
die geöffnete Handfläche und dann durfte er
noch einen kleinen Schluck Wasser hinterher
trinken. Mit den Worten „Hmmm, ich habe
heute wirklich noch nichts Besseres
getrunken" gab er der Schwester das leere
Glas zurück und ließ sich vorsichtig ins Kissen
sinken. „Komm mal her Mamutschka, bevor
ich gleich nur noch lalle. Wir sehen uns
allerspätestens morgen wieder, das
verspreche ich dir. Und bald hast du deinen
alten Schorsch wieder. Ich liebe dich ganz arg,
vergiss das nicht." Mathilda schluckte, jetzt
bloß nicht weinen. „Na und ob wir uns
spätestens morgen wieder sehen. Ich vermute
aber mal eher früher. Du passt auf dich auf
und ärgerst mir im OP niemanden, ok? Ich
liebe dich auch und ich freue mich dich bald
wieder bei mir zu haben." Sie küssten sich
nochmal ziemlich innig. Dann drückte Ronja
ihren Vater nochmal vorsichtig und küsste ihn

rechts und links auf die Wangen. „Keine Schwestern ärgern Paps, und immer schön brav das tun, was die Ärzte sagen, einverstanden? Ich will keine Klagen hören, immerhin war das Uniklinikum bis vor Kurzem noch mein Arbeitgeber." Georg hob drei Finger. „Ich schwöre ich werde mich benehmen. Bis denn mein Mäuschen, wir telefonieren." Ronja und ihre Mutter gingen zur Tür und warfen von dort aus Georg nochmal ein paar Küsse durch die Luft die er mit halb geschlossenen Augen lächelnd in Empfang nahm. Das sein Bettnachbar noch rüber rief „Donnerwetter, du hast ja eine wirklich tolle Familie" hörte er schon fast nicht mehr.

„Mama, jetzt sei doch nicht so schrecklich nervös. Es wird schon alles gut gehen, glaube mir. Heidelberg hat Top Ärzte und du hast doch selbst gesagt das diese Frau Professor zwar nervig, aber dafür sehr kompetent rüber kam." Mathilda zuppelte ständig an der Tischdecke oder drehte die Serviette bis zur Unkenntlichkeit zusammen. Außerdem zerpflückte sie ihr Brötchen in so viele Einzelteile, das es irgendwann nur noch zum Enten füttern taugte. „Mama!" Mathilda zuckte zusammen. Sie saß mit Ronja in einem schnuckeligen kleinen Café in der Heidelberger Altstadt. Sie wollten eigentlich frühstücken, was Ronja auch mit Genuss tat. Sie hatte keinerlei Zweifel, dass es ihrem Vater spätestens heute Abend wieder so gut ging, dass er wenigstens mit ihrer Mutter telefonieren konnte. Deshalb schmierte sie sich mittlerweile das zweite Brötchen und goss sich nochmal Kaffee nach. Mathilda wiederum hatte weder ihren Kaffee noch ihr Frühstück bisher angerührt. Sie schreckte hoch als Ronja sie so direkt ansprach.

„Was ist denn?" Ronja sah sie ein wenig mitleidvoll an. „Du musst was essen. Papa ist nicht damit gedient, wenn du nachher vor Schwäche oder Unterzuckerung vom Stuhl fällst." Mathilda nickte.

Sie nahm einen Schluck Kaffee und steckte sich ein zerfleddertes Stück Brötchen in den Mund. Und musste zugeben, dass das gut tat. Sie schmierte sich ein wenig Butter auf die Hälfte, die sie noch nicht in Gedanken völlig zerstört hatte und begann zu essen. Sie und Ronja unterhielten sich über das Praktikum, die bevorstehende Lehre, Lena, Greta, Anja und viel allgemeines über Wald-Michelbach. Mathilda fing an, es zu genießen, dass sie und Ronja so viel ungestörte Zeit miteinander verbringen konnten und vergaß völlig auf die Uhr zu sehen. Als von irgendwo eine Kirchturmuhr schlug zuckte sie zusammen. „Wie, es ist schon zwölf? Hattest du heute noch was bestimmtes vor?" Ronja schüttelte den Kopf. „Nein, ich habe den ganzen Tag frei. Wieso? Du möchtest doch bestimmt nochmal gerne ins Krankenhaus und nach Papa fragen, oder?" Dankbar sah Mathilda Ronja an. „Ja, das wäre schön. Ich will nicht einfach so heim fahren, vielleicht wissen die ja schon in der Zwischenzeit ein bisschen mehr."

Sie winkte die Bedienung herbei und bezahlte. Gerade als sie das Café verlassen wollte blieb Ronja abrupt stehen. Mathilda war schon ein paar Schritte vorausgegangen und sah jetzt zurück. „Was ist los? Hast du einen Geist geschehen oder an was liegt´s?" Ronja war kreidebleich. Dann deutete sie auf zwei junge Leute die gerade die Straße runter in ihre Richtung kamen. Ein junger, attraktiver Mann und eine nicht minder attraktive rothaarige Frau. „Da vorne kommen Nico und diese Natascha. Und das sind letzten die ich jetzt gerade sehen will. Komm, lass uns bitte da vorne in das Geschäft gehen bis sie vorbei sind." Sie zerrte ihre Mutter am Arm in das gegenüberliegende Bekleidungsgeschäft und versteckte sich hinter einem großen

Kleiderständer. Dort wartete sie, bis die beiden draußen vorbei waren. Sie sah sie durch die Scheibe lachen, Nico hatte einen Arm um Natascha gelegt. Ronja spürte einen kleinen Stich in der Magengrube, eigentlich hatte sie die beiden nie wieder sehen wollen. Mathilda stand leicht irritiert neben dem Kleiderständer und wartete ab. Als Ronja wieder aus den Falten eines Wintermantels aus der letzten Saison auftauchte sah sie sie fragend an.

„Das war mein Ex mit seiner neuen Flamme. Und auf die hatte ich gerade so gar keine Lust." Das konnte Mathilda allerdings sehr gut verstehen. Schweigend liefen sie zurück ans Auto. Fünfzehn Minuten später standen sie wieder vor der Klinik und machten sich auf den Weg zur Station. Vielleicht wussten die dort schon Genaueres. „Hallo mein Name ist Blomen. Mein Mann Georg wurde heute morgen operiert. Wissen Sie vielleicht zufällig schon irgendetwas?" Der junge Pfleger bedauerte „ich bin noch in der Ausbildung, da müssen sie bitte die Stationsschwester fragen. Warten Sie, ich hole sie Ihnen." Er verschwand ins Schwesternzimmer und kam ein paar Minuten später mit einer korpulenten Dame wieder zurück. „Hallo, ich bin Schwester Ursula. Ihr Mann wurde meines Wissens nach vor circa einer Stunde schon in den Aufwachraum gebracht. Die Operation ist komplikationslos verlaufen. Wahrscheinlich kommt er gegen drei wieder auf Station." Mathilda hätte heulen können vor Erleichterung und wäre der kleinen runden Person am liebsten um den Hals gefallen. Sie beließ es aber bei einem erfreuten „Dankeschön" und fragte, ob sie vielleicht nachher gleich zu ihm könnte, wenn er wieder oben wäre.

„Selbstverständlich können Sie, ich bezweifle nur, das er sonderlich gesprächig sein wird. Die Narkose hängt meistens ziemlich lange nach. So richtig bei sich wird er wohl erst wieder morgen sein. „Möchtest du dann vielleicht nach Hause fahren? Anja kommt doch später sowieso und holt mich, dann bräuchtest du doch jetzt nicht ewig hier rum sitzen. Ich möchte aber gerne da sein wenn euer Vater wieder auf Station kommt." Ronja überlegte. Sie musste morgen früh wieder arbeiten und könnte sich so vielleicht noch ein bisschen zuhause hinlegen. „Gut, dann fahr ich nach Hause und warte auf eine Meldung von dir. Hier kann ich ja gerade eh nicht viel machen. Wir sehen uns dann später Mama." Sie winkte und verschwand im Fahrstuhl. Mathilda beschloss runter in die Cafeteria zu

fahren und sich etwas zu trinken zu holen. Dann würde sie sich ein wenig draußen auf eine Bank setzen und warten. Sie nahm sich noch eine Zeitschrift mit und einen Schokoriegel, dann ging sie ein wenig an die frische Luft. Gegen viertel vor drei fuhr sie zurück auf die Station. Schwester Ursula kam ihr entgegen, den jungen Pfleger von vorhin im Schlepptau. „Ach Frau Blomen, gerade hat der Aufwachraum angerufen. Wir sind auf dem Weg ihren Mann wieder hoch zu holen. Sie dürfen gerne im Zimmer auf ihn warten, wenn Sie möchten." Na und ob Mathilda mochte. Sie klopfte vorsichtig und trat dann ein. Dieser Hermann hatte Besuch, sie nickte kurz in seine Richtung und nahm auf dem einzig freien Stuhl im Raum Platz. „Wie geht's Ihrem Mann? Weiß man schon was?" Hermann richtete sich auf und schaute Mathilda neugierig an. Die strahlte.
„Ja, er wird gerade wieder auf Station gebracht, offenbar ist alles sehr gut verlaufen." Hermann legte sich wieder zufrieden zurück ins Kissen. Es dauerte aber dann trotzdem nochmal ungefähr eine halbe Stunde bis die Tür aufging und Schwester Ursula und Kai, der Pfleger, Georg zurück ins Zimmer brachten. Mathilda sprang auf. Die Schwester hing die Infusion an den Ständer

und stellte den Überwachungsmonitor ein. Dann überprüfte sie die Pflaster und deckte Georg wieder ordentlich zu. Der stöhnte leicht und versuchte sich zu bewegen. Mathilda trat vorsichtig neben sein Bett. „Hallo mein Schatz, wie fühlst du dich?" Sie war so glücklich ihren Schorsch wieder zu sehen das sie ihn am liebsten umarmt hätte. Nur mit größter Mühe hielt sie dieses Gefühl zurück und fuhr ihm stattdessen liebevoll über die rechte Hand. Er schlug kurz die Augen auf und schloss sie sofort wieder. Das was er gesehen hatte hatte gereicht, um ihm ein kleines, sehr schwaches Lächeln zu entlocken.

Mathilda blieb an Ort und Stelle sitzen bis ihr Handy summte. Es war halb fünf und Anja wartete unten am Krankenhaus Eingang mit den Kindern auf sie. Georg hatte zwischenzeitlich noch ein paarmal die Augen aufgehabt und auch kurz geredet. Er hatte Schmerzen und war noch ziemlich benommen. Aber all das war normal und Mathilda war einfach nur froh, dass es nun vorbei war. Sie schrieb Anja zurück das sie gleich käme. Dann beugte sie sich über ihren Mann. „Schorsch ich gehe jetzt, Anja steht unten mit den Kindern. Finja kommt später noch kurz und ich bin morgen auf alle Fälle wieder da. Ruh dich aus und klingel der

Schwester wenn du etwas brauchst, ja?" Sie küsste ihn ganz vorsichtig auf die Wange. „Bis morgen mein Schatz. Ich liebe dich." Und als Georg ein kratziges, leises „Ich dich auch" flüsterte hätte der Tag für Mathilda nicht besser enden können. Sie verabschiedete sich von Hermann („ich pass schon gut auf Ihren Mann auf, machen Sie sich keine Sorgen") und fuhr dann mit Anja und den Kindern zurück nach Wald-Michelbach.

„Ich war nicht lange bei ihm, er ist noch sehr müde. Aber dank der Schmerzmittel die er bekommen hat geht's ihm offenbar verhältnismäßig gut." Finja telefonierte mit ihrer Mutter und berichtete von dem kurzen Besuch bei ihrem Vater. Mathilda war erleichtert. „Das klingt gut, danke das du nochmal dort warst." Mathilda lief mit dem Telefon in der Hand den Flur auf und ab. „Kein Thema, ich fahre morgen nach der Arbeit wieder kurz vorbei. Und am Wochenende komme ich für zwei Tage nach Hause. Fährst du morgen selbst?" Mathilda überlegte. Ronja und Anja mussten beide arbeiten und sie wollte auch nicht immer irgendjemanden belästigen. „Ja, ich denke schon. Dann bin ich auch ein wenig unabhängiger. Und ich kann gleich morgen früh los. Also dann, wir hören uns morgen wieder. Sag Doro liebe Grüße."

Mathilda legte auf. Draußen war es schon lange dunkel, es war schon nach acht Uhr. Sie lief zurück ins Wohnzimmer und setze sich in den Fernsehsessel der normalerweise Georgs Territorium war. Ronja war oben in ihrem Zimmer und guckte dort fern und schrieb mit Lena. Was war es doch so still hier. Obwohl weder Georg noch Mathilda abends sonderlich viel redeten.

Am nächsten morgen um halb neun klingelte es an der Tür. Mathilda war im Begriff gewesen einen kleinen Korb zu richten mit Dingen, die sie Georg gerne mitbringen wollte. Sie hatte extra einen kleinen Kuchen gebacken und ihm seine Lieblingsschokolade besorgt. Außerdem noch Saft und zwei Bücher, die er vor kurzem angefangen hatte zu lesen. Und natürlich ein bisschen Obst, ein paar Vitamine konnte man ja immer gebrauchen. Sie wollte ihm den Aufenthalt so angenehm wie nur irgendwie möglich machen. Und sie wusste, wie gewöhnungsbedürftig das Krankenhaus-Essen meistens war. Sie würde ihm ab jetzt jeden Tag etwas zu essen mitbringen. Er musste nur sagen was er gerne wollte. Die Türklingel riss sie völlig aus ihrem Konzept. Wer konnte das denn jetzt sein? Sie öffnete und war im ersten Moment leicht verwirrt. Dann begann sie sich zu freuen. „Komm rein, dich habe ich ja eine kleine Ewigkeit nicht mehr gesehen." Greta strahlte auch und ging an Mathilda vorbei Richtung Küche. „Setz dich, magst du einen schnellen Kaffee? Ich bin auf dem Weg zu Georg, deshalb bin ich gerade etwas auf dem Sprung. Aber für einen Kaffee reichts noch." Greta setzte sich und wickelte sich den Schal vom Hals. „Wie geht es Georg? Hat er die OP gut überstanden?" Sie wusste natürlich das Georg gestern operiert worden war und wollte unter anderem auch deswegen kurz mit ihrer Freundin Mathilda reden.

Die schenkte zwei Tassen voll mit dem Rest aus der Thermoskanne von heute morgen und setzte sich zu Greta an den Tisch. „Ich bin sehr zufrieden und glücklich. Georg hat alles wunderbar überstanden und ist seit gestern Nachmittag auch wieder auf Station. Klar hat er wohl noch ziemliche Schmerzen und ob das alles überhaupt eine Besserung bringen wird wird sich erst die nächste Zeit zeigen, aber das Schlimmste hatte er jetzt erst mal überstanden." Mathilda stand die Freude darüber ins Gesicht geschrieben. „Das freut mich sehr zu hören. Vielleicht kann er sich dann bald auch wieder richtig und schmerzfrei bewegen, ich würde es ihm wünschen. Was gibt's sonst noch Neues?" Mathilda wurde stutzig. Sie und Greta telefonierten fast jeden zweiten Tag ausgiebig miteinander, eigentlich wusste jede immer über sämtliche Neuigkeiten Bescheid. „Willst du mir vielleicht irgendetwas erzählen? Du kommst doch nicht umsonst so früh morgens zu rüber. Wir hätten doch eh noch später telefoniert. Ich seh dir doch an der Nasenspitze an, dass du gleich explodierst. Was ist denn passiert?" Greta grinste breit, dann platzte sie heraus:

„Ich fliege nach Australien!" Mathilda glaubte erst sich verhört zu haben.

„Du tust bitte WAS? Ich habe irgendetwas mit Australien verstanden, aber das kann ja wohl eher nicht sein." Jetzt lachte Greta so dermaßen das sich Mathilda ernsthaft Sorgen um deren geistige Gesundheit machte.

„Greta, warst du am frühen Morgen schon am Eierlikör?" fragte sie sie mit ernstem Gesichtsausdruck. „Nein, ich bin völlig bei klarem Verstand (was Mathilda sofort bezweifelte), meine „Leihfamilie" fliegt für zwei Monate beruflich nach Australien und möchte, das ich mitfliege und mich dort auch um die Kinder kümmere. Die haben sich mittlerweile so sehr an mich gewöhnt, dass das die beste Lösung für alle ist. Mia stell dir vor, ich alte Kuh fliege das erste mal in meinem Leben in einem Flugzeug. Und dann auch gleich noch quer durch die Weltgeschichte. Ist das zu fassen?" Greta raufte sich vor lauter Aufregung die Haare, während Mathilda zunächst völlig sprachlos war. Nur ganz langsam fing sie sich wieder. „Greta, aber das ist doch ganz wundervoll. Da freue ich mich jetzt aber sehr für dich. Endlich siehst du auch mal etwas anderes als nur unser kleines, ruhiges Wald-Michelbach. Du wirst ja noch richtig „urban", da bin ich ja glatt ein wenig neidisch." Sie lachte und prostete Greta mit ihrer Kaffeetasse zu. „Das müssen wir bald gebührend feiern. Wann geht's los?" Greta nahm einen letzten Schluck Kaffee. „In drei Wochen. Ich weiß noch gar nicht was ich da alles mitnehmen muss. Gott Mia, ich bin so dermaßen aufgeregt dass ich seitdem überhaupt nicht mehr richtig schlafen kann." Mathilda stellte die beiden leeren Kaffeetassen in die Spüle und drehte sich dann zu Greta um. „Dann bist du ja auch nicht da wenn Georg zur Kur muss. Ihr lasst mich also alle alleine." Sie schmunzelte. „Da macht die Frau einfach ab nach Australien, ich bin ja immer noch völlig geplättet. Ich fahre jetzt nach Heidelberg. Wenn du am Wochenende Zeit hast können wir uns gerne mal zusammen setzen und die Kleiderfrage erörtern. Ich vermute mal, du brauchst noch einiges

Neues." Sie zog sich ihre Jacke über und klemmte sich den Korb unter den Arm. Greta erhob sich und ging zusammen mit Mathilda zur Haustür raus. Mathilda schloss ab und lief dann ein Stück mit Greta über die Straße zu ihrem Wagen. Während sie den Korb auf dem Rücksitz anschnallte rief Greta noch „dann komm ich am Samstag morgen mal bei dir vorbei wenns recht ist. Da habe ich „Oma"-frei, die Ritters machen mit ihren Kindern einen Ausflug." Mathilda winkte und nickte. „Dann bis Samstag meine Liebe." Sie stieg ein und winkte Greta beim Rückwärts-fahren nochmal zu.

„Mamutschka, wie schön das du da bist." Georg strahlte als seine Frau nach dem Anklopfen das Zimmer betrat. Sie stellte den Korb ab und hing ihre Jacke an den Haken im Zimmer. Dann trat sie zu ihrem Mann ans Bett und gab ihm einen Kuss. „Du siehst gut aus, vielleicht ein wenig blass um die Nase, aber ansonsten sehr viel besser als ich es erwartet hätte." Sie zog sich einen Stuhl an sein Bett, setzte sich und nahm seine Hand. „Ich darf mich die ersten zwei Tage noch nicht wirklich viel bewegen, danach fangen die mit Krankengymnastik an und dann meinte der Arzt wäre ich wohl recht schnell wieder auf den Beinen. Auch wenn „schnell" dann wahrscheinlich die erste Zeit noch der falsche Ausdruck ist." Er kicherte albern. Mathilda bekam den Verdacht, das immer noch ein Rest von der Narkose in seinem Körper für Unfug sorgte. „Konntest du schlafen oder hattest du starke Schmerzen?" Georg verdrehte die Augen.

„Ich hätte wahrscheinlich schon schlafen können, wenn man mich gelassen hätte. Nicht wahr Hermann, hier kriegt Mann echt überhaupt keine Ruhe." Der Angesprochene nickte bekräftigend. „Ja, gerade wenn man frisch operiert ist kommt fast jede Stunde eine Schwester und fummelt an einem herum. Was ich im Normalfall ja gar nicht mal so schlecht finden würde." Hermann lachte fett. Georg konnte noch nicht lachen, dafür tat der Schnitt einfach noch viel zu weh. „Er hat recht, heute Nacht stand wirklich alle Gebot lang die Nachtschwester im Zimmer. Mal musste sie Blutdruck messen, mal überprüfte sie die Drainage und die Infusionen oder sie verabreichte mir Schmerzmittel und guckte nach dem Verband. Es war echt keine Stunde am Stück Ruhe. Der Arzt war heute morgen auch schon da."

Mathilda war aufgestanden und hatte den Korb geholt. „Du bist ja auch nicht zu deinem Vergnügen hier oder auf Erholungsurlaub. Du darfst ruhig merken, dass du im Krankenhaus liegst. Und, was spricht der Arzt?" Georg versuchte sich etwas bequemer hinzulegen und verzog dabei gequält das Gesicht. „Uh, das ist aber auch echt nicht lustig" motzte er. Mathilda versuchte nicht zu lachen. Das war zu erwarten gewesen. Ihr Mann war der ungeduldigste Patient unter der Sonne. Wenns nach ihm gegangen wäre würde er am liebsten morgen entlassen werden und er könnte wieder hüpfen wie ein junges Reh. Das das noch sehr viel länger NICHT der Fall sein würde ignorierte er gerade konsequent. Ihn interessierte jetzt eher der Inhalt des Korbes an dem sich seine Frau nun zu schaffen machte. Er versuchte mittels des Bettgalgens seinen Kopf zu heben um etwas mehr sehen zu können. Mathilda packte zuerst die beiden Äpfel, die Bananen und die Orange auf den Tisch. Danach kam der Kuchen zum Vorschein, die Schokolade legte sie ihm in die Nachttisch-Schublade und die Bücher aufs Bett. Aus der mitgebrachten Saftflasche goss sie ihm gleich ein ganzes Glas voll ein und stellte es ihm in

Reichweite auf den Nachttisch. Hermann hatte vom Nachbarbett aus beobachtet was Mathilda alles aus dem Korb zauberte. Er war seltsam gerührt. In seinem Leben gab es leider niemanden mehr, der sowas für ihn tun würde. Seine Frau war vor zehn Jahren an Krebs gestorben und wie es aussah würde er ihr vielleicht bald folgen. Die Ärzte machten ihm keine große Hoffnung auf Besserung, geschweige denn Heilung. Er hatte Knochenkrebs, dadurch waren ihm zwei Wirbelkörper gebrochen. Frau Prof. Dr. Kantus hatte versucht, seine Wirbelsäule zu stabilisieren. Lange würde es wohl nicht helfen, dessen war er sich bewusst. Er beneidete diesen Georg gerade sehr, was würde er darum geben auch noch einmal so liebevoll umsorgt zu werden. „Hermann, möchten Sie auch ein Stück?" Mathilda hatte den Marmorkuchen angeschnitten und war gerade dabei, ihn auf Teller zu verteilen. Er bekam feuchte Augen. „Oh, sehr gerne, vielen Dank. Deine Frau ist echt ein Goldstück, Georg." Der blinzelte Mathilda zu. „Das weiß ich, sonst hätte ich sie ja wohl kaum geheiratet."

Nach acht Tagen Krankenhausaufenthalt wurde Georg entlassen. Er durfte sich frei bewegen und konnte mittlerweile sogar wieder ziemlich gut laufen. Ab und an spürte er noch ein Zwicken an der Operationsnaht und die Stellen im Rücken, die versteift wurden, fühlten sich nicht ungewohnt und seltsam an. Aber es wurde täglich besser und er war sehr zufrieden mit dem bisherigen Ergebnis. In einer Woche sollte er in die Reha nach Bad Tölz. Daran durfte er noch nicht wirklich denken. Da war er viel zu weit weg von zuhause und seiner Mathilda. Fast viereinhalb Stunden trennten sie dann voneinander und so richtig glücklich war er damit wahrlich nicht. Aber die vier Wochen, die dafür vorgesehen waren, würden auch noch vorbeigehen und dann begann ein gefühlt neues Leben. Seit langem würde er sich dann wieder ohne Schmerzen bewegen und für seine Familie da sein können. Auch seiner Mia merkte man den baldigen Trennungsschmerz sehr an, sie schlich mit einer dermaßen bedrückten Miene durchs Haus das er sie am liebsten ständig in den Arm nehmen wollte. Finja hatte am 25. Februar Geburtstag gehabt, an dem Tag war er gerade entlassen worden. Sie hatten Abends noch ein wenig zusammen gesessen

und gefeiert. Es fühlte sich fantastisch an wieder mal mit der ganzen Familie zusammen am Tisch zu sitzen. Lena und Greta waren noch dazu gekommen, der Abend wurde lustig und er hatte kaum Schmerzen. Jetzt hieß es planen und Dinge richten, die er für die Reha brauchte. Mathilda fuhr mit Ronja und Anja Samstags nach Viernheim ins „Rhein-Neckar"-Zentrum und kaufte ihm zwei Jogginganzüge, zwei bequeme Sporthosen, drei neue T-Shirts und zwei Badehosen. Einige seiner Therapiestunden würden im Wasser stattfinden und mit seinen Hosen aus den 80´ern konnte er wahrlich keinen Blumentopf mehr gewinnen. Das hatte er nach einigen Diskussionen mit seiner Frau einsehen müssen. Mathilda hatte gedroht „wenn du mich keine neuen Badehosen kaufen lässt werde ich dir ein paar häkeln. Und glaube mir, du wärst DER Hingucker im Schwimmbecken. Du kennst meine Häkelkünste...."
Georg kapitulierte sofort. Ja, er kannte Mathildas handarbeitliches Geschick....sie hatte schlichtweg keins. Sie konnte weder stricken, noch häkeln, geschweige denn filigran sticken oder knüpfen. Alles was mit (Original-Ton Mathilda) „Altfrauenhobbys" zu tun hatte mied sie wie die Pest. Sie kochte und backte mit großer Leidenschaft und das

auch sehr gut. Aber von Wolle und Co. ließ sie von vornherein die Finger. Jetzt hatte sie also drei Tüten voller neuer, wirklich schöner und praktischer Kleidung für ihn erstanden. Diese wurden gewaschen und dann in einen der zwei Koffer verstaut. Die meisten Sorgen machte sich Mathilda aber das ihr Georg nichts gescheites zum Essen bekam. Er war eher der Genießertyp der bei gutem Essen selten nein sagen konnte. Und man hörte ja immer das die meisten Patienten in den Kurkliniken erst mal auf Diät gesetzt wurden. Gut, man musste natürlich zugeben das Georg jetzt nicht direkt in die Kategorie „Spargeltarzan" fiel, im Gegenteil. Er war schon immer etwas moppelig und schob sein kleines „Feinkostgewölbe" natürlich immer gerne auf das gute Essen seiner Gattin. Und der Spruch „ich habe sehr wohl einen Waschbrettbauch, halt nur im Speckmantel" gehörten seit Jahren zu seinem Standartrepertoire. Vielleicht wäre es also gar nicht mal so schlecht, wenn das ein oder andere Kilo in Bayern verloren gehen würde. Mathilda saß am Küchentisch und schrieb eine Liste über die Dinge, die sie noch einpacken wollte. Georg setzte sich mit zwei Tassen Kaffee zu ihr. „Komm Mamutschka, mach mal Pause. Ich fahr ja erst in vier Tagen. Bis dahin kriegen wir das bestimmt hin. Und ich fahre ja auch nicht nach Novosibirsk. Sollten wir wirklich etwas vergessen bekomme ich es eventuell in Bad Tölz auch."

Mathilda nahm einen großen Schluck Kaffee und lehnte sich zurück. Eigentlich waren die letzten vier Wochen erheblich besser gelaufen als sie erwartet hatte. Georgs OP war wunderbar verlaufen, Ronja fühlte sich sehr wohl in ihrem neuen Wirkungsbereich, Lenas „Problem" hatte sich endlich geklärt und bei ihr kehrte Ruhe ein. Anja hatte in diesem Polizisten einen neuen Verehrer und beide wollten sich wieder treffen, vielleicht reichte die bisherige Sympathie für mehr. Mathilda freut sich für ihre Tochter, das war allemal besser als alles andere mit diesem Alexander. Von Finja und Doro hörte man sowieso nicht viel Aufregendes oder Neues. Die beiden hatten sich ihr Leben eingerichtet und schmiedeten eifrig Zukunftspläne. Sie waren ständig unterwegs und trotzdem war Finja immer da wenn man sie brauchte. Und oft genug standen beide einfach mal so auf der Matte und verbrachten das Wochenende bei Finjas Eltern. Greta hatte eine neue Aufgabe, die sie völlig erfüllte und sie jetzt sogar bis ans andere Ende der Welt bringen würde. Mathilda freute sich sehr für sie, auch wenn das hieß, dass sie jetzt wo Georg in die Reha musste, eine Zeit lang fast ganz alleine sein würde. Also ohne Mann und ohne beste Freundin. Dafür waren ihre drei Mädels da, jede für sich einzigartig und wundervoll. Mathilda war froh über die Entwicklungen der letzten Zeit und war gespannt, wie es weitergehen würde. Dem ein oder anderen Familienmitglied und Freund fiel bestimmt etwas ein, um keine Langeweile aufkommen zu lassen...

Wie Ronja immer mehr zu dem wird, was sie wirklich sein will, was Greta von Australien mit nach Hause bringt, wen Georg in seiner Reha kennenlernt und was Mathilda davon hält, wo es Anja hin verschlägt und was aus Finja, Doro wird….
Das alles erfahrt ihr in **Band 4** von

„Ronjas Welt"

Ich freue mich auf Euch!

ENDE